secession

Steven Uhly

Die Summe des Ganzen

Roman

Steven Uhly

Die Summe des Ganzen

Zweite Auflage

Lektorat: Christian Ruzicska
Korrektorat: Peter Natter
www.secession-verlag.com

Gestaltung und Satz: Eva Mutter, Barcelona
Foto: Giacomo Goes
Herstellung: Daniel Klotz, Berlin
Druck und buchbinderische Verarbeitung: Friedrich Pustet, Regensburg
Papier Innenteil: 90 g/m² Werkdruck holzfrei
Papier Vor- und Nachsatz: Peyer Surbalin glatt
Papier Überzug: Peyer Surbalin Seda
Gesetzt aus Cormorant Garamond

Printed in Germany
ISBN 978-3-96639-048-4

»Lenke dein Schiff ans Land, und horche unserer Stimme.
Denn hier steuerte noch keiner im schwarzen Schiffe vorüber,
Eh' er dem süßen Gesang aus unserem Munde gelauschet.«

HOMER, *Odyssee*, 12,185-187

I

Die Pfarrkirche des Heiligen Isidro in Hortaleza, einem nordöstlichen Außenbezirk von Madrid. Padre Roque de Guzmán, 50 Jahre, mittelgroß, ein wenig untersetzt, Stirnglatze, sitzt in einem hölzernen Beichtstuhl, der viel älter ist als der eckige Neubau, in dem er steht. Es ist 17:00 Uhr, ein Mittwoch. Anfang März. Außer sonntags sitzt Padre Roque jeden Tag um dieselbe Uhrzeit in diesem Beichtstuhl und wartet auf Sünder, die kommen, um ihr Herz auszuschütten und die Absolution zu erhalten. Meistens beichten sie mindere Sünden, die mit zehn Bußgebeten und drei Vaterunser abgegolten werden können, kleinere Diebstähle, Vorteilsnahmen, hin und wieder ein Seitensprung. Der Padre ist sich sicher, dass die meisten Ehebrecher seinen Beichtstuhl meiden, weshalb er kein realistisches Bild von der Moral haben kann, die in seiner Gemeinde vorherrscht. Manchmal kommt niemand. Dann sitzt der Priester da und versucht, sich daran zu erinnern, dass er trotz allem Gottes Werk verrichtet. Um 18:30 Uhr wird er sich zum Altar begeben, wo der Knabenchor des Viertels ihn erwartet, sein Tageshöhepunkt.

Heute scheint niemand beichten zu wollen. Es ist bereits 18:10 Uhr, zu dieser Zeit werden die üblichen Sünder nicht mehr erscheinen – er erkennt sie alle an ihren Stimmen, auch wenn viele sich einbilden, inkognito bleiben zu können, weil diese Trennwand mit dem engmaschigen Sprechgitter zwischen ihnen ist und sie ungesehen kommen und gehen können. Der Padre zuckt mit den Schultern, dann eben heute niemand.

Ein wenig schwerfällig erhebt er sich und will gerade das alte, enge Holztürchen öffnen, als er hört, wie jemand den Beichtstuhl betritt und sich setzt. Er seufzt, lässt sich erneut nieder und lehnt sich zurück. So spät sollte eigentlich niemand mit seiner Beichte beginnen, das bringt den Padre möglicherweise in die Verlegenheit, den Sünder auf das nächste Mal zu vertrösten, damit er pünktlich zu seinem Chor kommt, und dann muss er selbst zwei oder drei Bußgebete sagen, weil er so eigentlich nicht handeln sollte.

Plötzlich eine leise, gehetzt klingende Männerstimme:

»Padre, ich habe gesündigt.«

Der Padre räuspert sich leise und sagt:

»Gott, der unser Herz erleuchtet, schenke dir wahre Erkenntnis deiner Sünden und seiner Barmherzigkeit.«

Nach einer kurzen Pause erwidert die Männerstimme:

»Amen.«

»Was liegt dir auf dem Herzen, mein Sohn?«

Stille.

Der Padre hört nur, wie der Sünder auf der hölzernen Sitzbank hin und her rutscht. Er scheint nervös zu sein, nach Worten zu suchen. Vielleicht ein Ehebrecher, der bewusst nicht die Kirche seiner Heimatgemeinde aufsucht, aus Angst, trotz des Beichtgeheimnisses könne etwas nach außen dringen. So etwas kommt vor, das schlechte Gewissen macht Menschen paranoide. Eindeutig Spanier, Weißer, kein Gitano, kein Südamerikaner, allerdings ohne regionalen Einschlag, vermutlich zwischen 30 und 40 Jahre alt. Klingt gebildet, kein Prolet jedenfalls.

»Padre.« Wieder dieses Gehetzte in der Stimme, als ob er auf der Flucht wäre. Vielleicht ja etwas Schlimmeres, denkt der Geistliche. »Padre, ich weiß nicht, wie ich es sagen soll.«

»Du kannst es so sagen, wie du es im Herzen trägst, mein Sohn. Hier hört uns niemand, und ich werde deine Beichte mit ins Grab nehmen.«

»Natürlich«, ertönt die Stimme aufs Neue, die weder erleichtert noch beruhigt klingt. Definitiv ein schwereres Vergehen, kalkuliert der Padre und geht die Möglichkeiten durch – Einbruch, Veruntreuung größerer Geldsummen, vielleicht hat er seine Frau verprügelt, oder eine andere geschwängert, alles Dinge, die bereits vorgekommen sind, und nicht nur einmal. Der Padre hat drei Gemeindemitglieder, die ihre Frauen regelmäßig krankenhausreif schlagen und anschließend zu ihm kommen, damit er ihnen Vaterunser und andere Bußgebete aufgibt und ihnen die Absolution erteilt. Er schaut auf die Uhr, 18:15 Uhr, viel Zeit bleibt dem Sünder nicht mehr.

»Also gut«, sagt die Stimme auf der anderen Seite leise. Der Sünder klingt gefasst wie jemand, der bereit ist, sich ins Unvermeidliche zu fügen. Und dann, mit einem Beben: »Padre, ich habe unnatürliche Neigungen in mir entdeckt! Ich … ich weiß nicht, was ich tun soll.«

»Kannst du etwas genauer sein, mein Sohn?«

Stille.

Der Padre fühlt, wie der Sünder mit sich ringt, wie er nach Worten sucht und versucht, sich den entscheidenden Ruck zu geben, um endlich sagen zu können, was er so lange vor der Welt geheim gehalten hat. Jetzt ist der Padre gespannt, aber er lässt es sich nicht anmerken, als er sagt:

»Fürchte dich nicht, mein Sohn, du bist in Gottes Haus.«

»Natürlich«, sagt die Stimme wieder. Definitiv ein Neunmalkluger, schätzt der Padre, einer, dem es nicht gefällt, wenn man ihm Offensichtliches erklärt. Hochmut, Stolz, das sind schon mal zwei Todsünden, aber welches seiner Schäfchen schleppt nicht mindestens drei oder mehr davon mit sich herum? Er wartet, schaut auf die Uhr, 18:18 Uhr, und wartet weiter.

»Padre, ich … ich lebe ein normales Leben, ich habe eine Frau, die ich liebe, auf jeden Fall liebe ich sie! Wir haben eine kleine Tochter, sie ist erst sieben Jahre alt, sehr süß und aufgeweckt, sie ist mein Ein und Alles. Ich würde den beiden niemals etwas antun, niemals! Das Einzige, was ich will, ist, sie zu beschützen, meine Familie zu beschützen, weil ich aus eigener Erfahrung weiß, wie das ganze Leben sich ändern kann, wenn man zu früh mit Dingen konfrontiert wird, die man einfach nicht verarbeiten kann, die … zu gewaltig sind, die einen vor der Zeit in die Welt der Erwachsenen stoßen. Verstehen Sie, Padre?«

»Ich verstehe, mein Sohn. Fahre fort!« Einer, der erstmal um den heißen Brei reden muss. Der Padre seufzt, davon hat er auch ein paar, das sind die, die er am schwersten erträgt. Bis sie endlich auf den Punkt kommen, erzählen sie ihm ihr ganzes Leben. Der Padre bläst die Luft durch seine geblähten Backen aus und versucht, sich in Geduld zu üben. Gottes Werk, er verrichtet Gottes Werk, das darf er nicht vergessen.

»Padre«, beginnt der Sünder erneut. In seiner Stimme schwingt jetzt Resignation mit und eine Trauer, die den Padre aufhorchen lässt. Vielleicht kommt er schneller zur Sache, als gedacht. »Ist es nicht so, Padre, dass man die, die man liebt, manchmal vor sich selbst beschützen muss, weil man ihnen sonst Schaden zufügen würde?«

»Das kann schon mal vorkommen, mein Sohn«, sagt der Padre und wiegt den Kopf. Worauf will der hinaus?

»Ich … ich arbeite als Nachhilfelehrer für Latein und Mathematik, vor allem Mathematik.« Also doch erst das ganze Vorspiel, denkt der Padre und schaut auf die Uhr, 18:25 Uhr, in zwei Minuten wird er den Sünder bitten müssen, wiederzukommen. Dinge, die man nicht tut, geht es ihm durch den Kopf. Aber der Knabenchor wartet, zwanzig Jungen, die sich alle darauf freuen, mit ihm zu singen. Sie zu enttäuschen, kommt nicht in Frage.

»Ich … habe einen Nachhilfeschüler, der …« Die Stimme bricht ab, der Padre hört wieder das Rutschen, dann plötzlich Lärm, als werde die Tür geöffnet. Im nächsten Moment ist der Sünder geflüchtet. Der Padre schaut auf die Uhr. Nochmal Glück gehabt. Jetzt wird es aber höchste Zeit.

2

Donnerstag. Padre Roque sitzt erneut in seinem Beichtstuhl, es ist 17:20 Uhr. Heute kam die alte Señora Barros und beichtete ihm, dass sie immer noch wütend auf ihren verstorbenen Gatten ist, weil er damals den Sohn an die Polizei verriet. Der Sohn war desertiert und hatte sich bei ihnen zu Hause versteckt. Aber der verstorbene Gatte hielt die Feigheit des Sohnes für eine Schande und verständigte die Behörden. Die nahmen ihn mit und steckten ihn für zehn Jahre nach Carabanchel ins Gefängnis. Als er wieder rauskam, war er nicht mehr derselbe. Solange der Vater lebte, kam der Sohn nicht mehr nachhause, und Señor Barros starb an gebrochenem Herzen, da ist sich die Witwe sicher. Oft wacht sie schweißgebadet auf und wünscht ihm den Tod, obwohl er längst nicht mehr lebt. Deshalb kommt sie fast jede Woche zur Beichte.

Padre Roque weiß, dass er Gottes Werk verrichtet, wenn er ihr ausreichend viele Bußgebete und Vaterunser aufgibt, damit sie die Woche über beschäftigt ist. Manchmal empfindet er echtes Mitleid für die alte Dame, die jede seiner Messen besucht, stets in der ersten Reihe sitzt und voller Inbrunst betet. Der Sohn, der sie ein paar Mal begleitet hat, ist allerdings ein unangenehmer Typ. Er hat den Padre von Anfang an misstrauisch angeblickt, als wäre dieser an irgendetwas schuldig. Das kränkt den Padre, denn er gibt sich viel Mühe mit Señora Barros und ist immer für sie da. Aber die Verwandtschaft kann sich niemand aussuchen, die Señora trägt nicht die Schuld daran, dass ihr Sohn keine Manieren hat.

Jemand betritt den Beichtstuhl und setzt sich. Der Padre blickt auf die Uhr, um abzuschätzen, wer es sein könnte. Bevor er sich länger Gedanken machen kann, sagt die gehetzte Stimme vom Vortag:

»Padre, es tut mir leid, dass ich Sie gestern einfach sitzengelassen habe.«

»Mach dir keine Sorgen um mich, mein Sohn«, erwidert der Padre und legt eine Extraportion Güte in seinen Tonfall. »Bist du heute bereit zu sprechen?«

»Ich … ich hoffe es, Padre«, sagt die Stimme gepresst. »Es ist nicht leicht, weil es so … unmoralisch ist, was ich empfinde, Padre.«

»Glaubst du an Gott, mein Sohn?«, fragt der Padre, denn er hat das Gefühl, jetzt einmal grundsätzlich werden zu müssen.

»Ja, ich glaube an Gott, unbedingt! Nicht immer an die Kirche, das muss ich zugeben, aber immer an Gott.«

»Du weißt, dass die Kirche von Gott höchstpersönlich begründet wurde?«

»Ja, Padre, so wurde es uns beigebracht. Aber was sollen Priester auch anderes sagen, Padre? Jeder würde von sich selbst behaupten, dass er unverzichtbar ist, nicht wahr?«

Der Padre schweigt. Damit hat er nicht gerechnet. Nicht nur ein Neunmalkluger, sondern auch ein Frevler. Was will der hier in seinem Beichtstuhl, wenn er solche Reden schwingt?

»Bist du hergekommen, dich gegen die Kirche zu versündigen, mein Sohn?«

»Nein, Padre, verzeiht mir, ich bin aufgeregt, und wenn ich aufgeregt bin, dann rede ich zu viel. Ich wollte Euch nicht beleidigen oder die Kirche angreifen. Aber es gibt immer wieder schwarze

Schafe, auch innerhalb der Kirche, das werdet Ihr nicht leugnen, nicht wahr, Padre?«

Der Padre wiegt den Kopf. Angesichts der vielen Skandale der letzten Jahre wäre es dumm, die Augen vor der Wahrheit zu verschließen. Und doch muss er die Integrität der Institution verteidigen, sonst ist er nicht glaubwürdig.

»Es mag schwarze Schafe geben, mein Sohn. Doch sie alle wird Gott richten.«

»Das hoffe ich sehr, Padre. Gott sollte diese schwarzen Schafe richten, er sollte ein Exempel statuieren, denn die irdische Gerechtigkeit ist fehlerhaft.«

»Da hast du recht, mein Sohn. Nur Gott kann vollendete Gerechtigkeit walten lassen.« Der Padre beschließt, einfach mitzumachen, denn er hat keine Ahnung, was diesen Sünder reitet.

»Aber ich bin auch ein schwarzes Schaf, Padre, bei Gott, ich bin auch ein schwarzes Schaf.« Der Sünder jammert jetzt fast, seine Stimme hat etwas Wehleidiges, was den Padre abstößt. Wenn er doch nur endlich sagen würde, was er angestellt hat, denkt er und verdreht die Augen.

Der andere schweigt eine Weile. Der Padre hofft, dass der Sünder Anlauf nimmt, um seine Last endlich loszuwerden. Raus damit!, denkt er ungeduldig.

»Ich habe einen Nachhilfeschüler, Padre, er ist gerade einmal zehn Jahre alt. Aber ...« Er stockt. »Padre, würden Sie sagen, dass alle Menschen von Grund auf gut sind? Würden Sie das sagen?«

Der Padre überlegt kurz.

»Ja, natürlich«, antwortet er dann, »sonst wäre die Absolution sinnlos. Wenn ich einen schmutzigen Teller habe, dann weiß ich, dass nicht der Teller das Problem ist, sondern der Schmutz. Mit ein wenig Wasser und Seife kann ich den Schmutz entfernen, dann ist der Teller wieder sauber. Der Teller und der Schmutz sind zwei verschiedene Dinge.« Er schweigt zufrieden. Diesen Vergleich hat er in seiner letzten Predigt benutzt, und er gefällt ihm ausgesprochen gut. Strenggenommen handelt es sich dabei um ein Plagiat, doch das tut nichts zur Sache. Mit Genugtuung nimmt der Padre zur Kenntnis, dass der andere erst einmal nachzudenken scheint. Nimm dies, du Neunmalkluger!, denkt er triumphierend. Im nächsten Moment ruft er sich zur Räson. Das ist nicht Gottes Werk! Gottes Werk ist barmherzig. Warum bist du Priester geworden, wenn du nicht barmherzig sein kannst?, denkt er streng. Deine Gefühle sind nicht von Bedeutung! Wie oft haben dich deine Gefühle schon in Bedrängnis gebracht, Roque de Guzmán? Beherrsche dich!

»Das ist ein schöner Vergleich, Padre«, sagt die Stimme ohne Hoffnung. »Aber ich bin kein Teller. Ich habe Schmutz, den man nicht sieht und den man nicht einfach mit Wasser und Seife wegwaschen kann.«

»Du hast deinen Glauben, mein Sohn!«, unterbricht der Padre ihn heftiger als er wollte. »Dein Glaube ist Wasser *und* Seife. Wenn du an das Gute in dir glaubst, kannst du von deinen Sünden erlöst werden!«

Der andere schweigt wieder. Der Padre versucht, sich zu beruhigen. Er weiß im Moment nicht, ob er so heftig geworden ist, weil er eitel seinen Vergleich verteidigt oder dieser armen Seele wirklich helfen will. Sollte die Eitelkeit sein Antrieb sein, kann er niemandem helfen. Wie könnte ein Sünder einem anderen aus der Sünde helfen? Er muss rein sein, rein von Sünde, rein von unreinen Absichten. Und was sind unreine Absichten anderes als egoistische Absichten? Damit hast du Erfahrung, Roque de Guzmán, ermahnt sich der Padre, und zwar eine ganze Menge!

»Ich habe gesündigt, Padre«, sagt der andere. »Nicht in Wort und Tat, aber im Geist, in Gedanken habe ich gesündigt, und ich fürchte mich vor dem, was den Gedanken entspringen kann.«

»Erzähl mir von deinen Gedanken, mein Sohn«, sagt der Padre, der froh ist, dass es endlich wieder um etwas Konkretes geht.

»Ich wage es kaum, sie auszusprechen, Padre. Die Macht der Worte ist so groß.«

»Aber die Wahrheit wird dich befreien«, sagt der Padre und weiß im Moment nicht, aus welchem Evangelium er zitiert.

»Die Wahrheit«, sagt die Stimme auf der anderen Seite bitter. »Die Wahrheit hätte mich vielleicht befreit, als ich selbst noch ein Kind war, Padre. Aber heute schmeckt sie vergoren auf meiner Zunge, weil sie so lange dort gelegen hat.«

Mein Gott, denkt der Padre, ein neunmalkluger Poet. Dann verbietet er sich jeden weiteren abschätzigen Gedanken und versucht, mit dem Herzen zuzuhören.

»Du weißt nicht, was geschieht, wenn sie einmal ausgesprochen ist«, versucht er den Sünder zu animieren. Er will jetzt endlich das Vergehen hören, damit er so und so viele Bußgebete und so und so viele Vaterunser aufgeben und die Absolution erteilen kann. So lange hat ihn noch keiner hingehalten. Was ist nur los mit diesem eigenartigen Sünder? Hat er kein Vertrauen in die Kirche? Warum kommt er dann überhaupt her? Geduld, Geduld, ermahnt er sich sofort. Gottes Werk, denk immer daran, Gottes Werk. Er seufzt. Was für ein Kampf!

Der andere hat die ganze Zeit nichts gesagt. Vielleicht überlegt er, wie er sein sündhaftes Denken formulieren soll?

»Padre«, sagt der Sünder plötzlich entschlossen. »Ich glaube an die Logik, deshalb bin ich Mathematiker geworden. Es gibt für mich nichts Eleganteres als die Logik.«

»Das freut mich für dich«, sagt der Padre lahm. Was hat das bitteschön mit seiner Sünde zu tun?

»Ich halte mich an ihr fest, seit ich denken kann«, fährt die Stimme fort. »Früher glaubte ich, die Logik sei die Wahrheit, und sie war in meinem Besitz!« Er schweigt kurz. »Aber heute muss ich feststellen, dass die Logik nur eine Krücke gewesen ist. Schlimmer, sie war ein Pflaster über einer schwärenden Wunde, die ich nie behandelt habe. Und nun fühle ich mich wie jemand mit einer Blutvergiftung, Padre. Meine Gedanken sind außer Kontrolle geraten, sie denken Gift, und meine Logik ist machtlos!« Die Stimme, die immer lauter geworden ist, schweigt abrupt. Dann fährt sie leise fort: »Muss ich daraus nicht folgern, dass die Logik nicht die Wahrheit ist, Padre? Denn wäre sie die Wahrheit, würde sie das Gift einfach wegwaschen, nicht wahr? Die Wahrheit befreit, haben Sie gesagt. Dann muss sie auch vom Gift befreien, oder nicht?«

Der Padre ist verunsichert. Dieser Sünder erscheint ihm wie schlüpfriger Untergrund. Er hat das Gefühl, dass er ihm ständig Fallen stellt mit seinen spitzfindigen Fragen.

»Welcher Natur ist dein Gift, mein Sohn?«, fragt der Padre vorsichtig zurück.

»Luxuria«, sagt die Stimme sofort. Luxuria also, denkt der Padre und schluckt trocken.

»Welcher Natur ist deine Wollust, mein Sohn?«, fragt er.

»Der unnatürlichsten Art, die ich mir vorstellen kann, Padre«, sagt die Stimme gepresst. »So unnatürlich, dass ich mich selbst dafür hasse, so unnatürlich, dass ich meiner Frau nicht mehr in die Augen sehen kann. So unnatürlich, dass ich meine Tochter nicht mehr in den Arm nehmen kann.« Definitiv ein schweres Vergehen, denkt der Padre. »Mein Leben erscheint mir wertlos, seit ich dieses unnatürliche Begehren in mir fühle, Padre. Ich gehe als

Heuchler durchs Leben. Die elegantesten mathematischen Formeln erscheinen mir wie Floskeln, wie abgedroschene Phrasen. Selbst die Schönheit der Natur ist von mir vergiftet, ich genieße den blauen Himmel nicht mehr, Padre, weil ich denke: Für mich hat Gott ihn nicht erschaffen, für mich hat er die tiefste Hölle erschaffen, dort werde ich landen und zu Recht, denn ich verdiene es nicht, die Absolution zu erhalten, ich verdiene es nicht!«

Der Padre hört ein Geräusch.

»Warte!«, ruft er, doch der andere hat den Beichtstuhl bereits verlassen. Die kleine Holztür schlägt zu, dann hört der Padre leiser werdende Schritte über den Steinboden der Kirche eilen. Am Ende fällt das schwere Eingangsportal ins Schloss. Anschließend herrscht Stille.

Der Padre bleibt eine Weile sitzen. Er schaut auf die Uhr: 18:10 Uhr, es ist noch Zeit bis zur Abendmesse. Er fühlt sich nach diesem seltsamen Gespräch leer. Eine gepeinigte Seele. Eine gepeinigte Seele mit einem hohen moralischen Empfinden und einem tiefen Abgrund der Lust in sich. Er seufzt. Vielleicht ist das eigentliche Vergehen gar nicht so schlimm, aber wenn dieser Sünder es so empfindet, dann spielt die objektive Tat keine Rolle. Oder doch? Würde er ihm nur endlich sagen, worum es geht! Dann könnte er zumindest reagieren. Natürlich hat er längst einen unguten Verdacht, der andere hat ja diesen Nachhilfeschüler erwähnt. Und das wäre … Doch er will nicht vorausgreifen. Wenn er den Sünder richtig einschätzt, wird er gewiss bald zurückkehren, vielleicht schon morgen.

Endlich rafft der Padre sich auf und verlässt den Beichtstuhl. Er wird etwas essen und sich anschließend auf die Messe vorbereiten.

3

Lucas Hernández steigt an der Metro-Station Sol aus, folgt dem Strom der Passagiere, die an die Oberfläche streben, und zieht sich, als er die Treppe hochkommt, die lästige Gesichtsmaske herunter. Langsam geht er über den länglichen Platz, genießt das freie Atmen und die warmen Sonnenstrahlen und betrachtet das Treiben der vielen Menschen, die hier, im Herzen Madrids, aufeinandertreffen, ohne sich zu begegnen. Er hat Zeit und nimmt sich vor, nichts zu tun, was die Gefühle und Gedanken, die in ihm hochkommen, überdecken könnte. Er hört noch immer die Stimme des Padre, die dieses und jenes sagt. Er fühlt noch immer die Anspannung, unter der er selbst stand. Welch eine Situation! Welch eine Beichte! Eine Beichte, die etwas zum Gegenstand hat, was noch gar nicht geschehen ist, wovon er aber weiß, dass es unvermeidlich stattfinden wird. Unvermeidlich! Und strenggenommen findet es bereits dadurch statt, dass er weiß, was er tun wird. Wie lang soll diese Beichte dauern, bis es soweit ist? Wie lange wird er in der Lage sein, das Unvermeidliche hinauszuzögern, bevor er zur Tat schreiten muss? Und dass er muss, dass er müssen wird, steht so fest wie nichts in seinem Leben. Oder gibt es einen Ausweg aus der Sünde? Könnte er einfach fortgehen und nie wiederkehren? Alles hinter sich lassen und vergessen? Er schüttelt unwillkürlich den Kopf. Wie sollte das ausgerechnet jetzt noch möglich sein, nachdem es ihm zwanzig Jahre lang nicht gelungen ist? Immer war es da, irgendwo im Hinterkopf, stets bereit, nach vorne zu springen wie ein wildes Tier, das sich nimmt, was es will, mit der Grausamkeit eines Tieres, mit der Raserei eines Tieres, mit der Kraft eines Tieres. Wie soll man vor einem Schiff, das übers Meer fährt, flüchten, wenn man im Kreis darauf herumrennt? Genau dies aber würde er tun, wenn er jetzt fortginge. Er muss der Sünde ihren Lauf lassen, um zu wissen, was danach kommt. Er muss wissen, ob es ein Jenseits der Sünde gibt. Er muss tun, was sein Herz ihm diktiert und sein Verstand nicht widerlegen kann. Unnatürliche Neigung. Ja, es ist eine unnatürliche Neigung, er ist sich dessen vollkommen bewusst, es gibt keine Entschuldigung dafür, nicht vor ihm selbst und nicht vor Gott. Seit zwanzig Jahren sündigt er im Herzen, seit zwanzig Jahren hat er keinen glücklichen Tag auf Erden verbracht, und nun nähert er sich dem Moment der Wahrheit. Wird er in der Lage sein, seine Sünde zu begehen? Und wird er anschließend daran glauben können, dass Gott selbst die perfideste aller Sünden, diejenige, die von langer Hand vorbedacht und geplant war, vergibt? Wird der Glaube dafür ausreichen? Er weiß es nicht, er weiß nur, dass es zu spät ist, Halt zu machen. Er wird wieder zum Padre fahren und ihm das Unvermeidliche beichten.

4

Der Padre sitzt in seinem Beichtstuhl. Es ist Freitag, 17 Uhr, und er versucht, nicht auf den ominösen Sünder zu warten, der ihn nun bereits zweimal hat leer ausgehen lassen. Er versucht, an nichts zu denken, auf nichts zu hoffen, einfach nur dazusitzen und die Zeit vergehen zu lassen.

Doch es gelingt ihm nicht. Jedes kleine Geräusch, das an sein Ohr dringt, versetzt ihn in angespannte Erwartung. Warum eigentlich?, fragt er sich. Was hat es mit diesem Sünder auf sich, dass er, ein erfahrener Geistlicher im Dienste des Herrn, so dringend auf ihn wartet? Ist es die Schwere des Vergehens, die er vermutet? Und wenn ja, weshalb sollte ihn das so erregen, dass er förmlich auf die Beichte hinfiebert? Macht er sich dadurch nicht selbst schuldig an der Schuld des anderen? Wird er nicht zum Sünder, weil er so begierig darauf ist, die Sünde zu hören? Er seufzt. Es ist nicht leicht, das Werk Gottes zu verrichten, wenn man selbst so schwach ist. Er denkt an den Knabenchor. Schon wieder sind zwei Kinder abgemeldet worden. Die Eltern von Carlitos haben sich wenigstens zu einer Entschuldigung durchgerungen, haben etwas von allgemeiner Verunsicherung gesagt, weshalb sie lieber erst einmal abwarten wollen. Er stampft unwillkürlich mit dem Fuß auf, es gibt ein dumpfes Geräusch auf dem Holzboden des Beichtstuhls. Seit die Kirche wegen der weltweiten Skandale beinahe ununterbrochen am

Pranger steht, ist der Knabenchor bereits um ein Drittel geschrumpft. Zum Glück sind die wichtigsten noch dabei, vor allem Armando mit seiner engelsgleichen Stimme. Ohne ihn wäre der Chor nur die Hälfte wert. Armando hat ein unglaubliches Talent und ist sich dessen überhaupt nicht bewusst. Er singt einfach. Der Padre bewundert diesen Jungen, aber etwas an ihm macht ihn nervös, etwas Unnahbares. Deshalb hat er noch nie das Gespräch gesucht.

Er hört Schritte auf dem Steinboden, die vom Eingang herkommen. Ob es der Sünder ist?

Es ist nicht der Sünder, das kann er schnell unterscheiden. Stattdessen kommt José María Espín mal wieder zu ihm. Im Kopf des Padre spulen sich sofort die immer gleichen Sätze ab, die er bald aussprechen wird. Er ertappt sich dabei, dass er enttäuscht ist.

José María betritt schwerfällig den Beichtstuhl. Sein Schnaufen und sein starker Körpergeruch erfüllen augenblicklich beide Kabinen, auch die des Geistlichen.

»Ave María hochreine Jungfrau!«, ertönt die laute, kehlige Stimme.

»Unbefleckt empfangen«, antwortet der Padre automatisch.

»Hallo, Padre, ich bin's, José María Espín!«

In stummer Missbilligung schüttelt der Geistliche den Kopf. Solche Vertraulichkeiten sollte ein Sünder sich nicht leisten, vor allem nicht im Beichtstuhl, wo es äußerlich und innerlich darum geht, wieder zur moralischen Disziplin zurückzufinden. Aber ein Feigling ist er nicht, das zumindest muss der Padre ihm zugutehalten.

»Hallo José María, wie geht es dir?«, fragt er halb freundlich, halb gelangweilt.

»Oh, mir geht's prächtig, Padre, wirklich gut. Viele Fahrten gehabt, kann mich kaum retten vor Aufträgen. Für das Transportwesen ist diese Pandemie der reinste Segen, Padre, der reinste Segen!«

»Das freut mich zu hören«, erwidert der Padre milde. »Was führt dich dann zu mir, wenn es dir so gut geht?«

»Ach, Sie wissen schon, Padre, nichts ist perfekt in diesem Leben, man könnte immer noch etwas besser machen, ich bin da keine Ausnahme.«

»Hast du gesündigt, mein Sohn?«, fragt der Padre formell.

»Na, und ob, Padre! Ich habe so viel gesündigt, dass ich es gar nicht mehr einzeln aufzählen kann. Auf diesen Fahrten wird es einsam, Padre, und ich kenne in ganz Europa die Orte, die das Gegenmittel haben, von Reykjavik bis Lissabon!« Er lacht wie über einen guten Witz. Dann wird er wieder ernst. »Einsamkeit ist nämlich wie dieses verdammte Virus: eine Krankheit, die sich immer tiefer ins Herz frisst. Ich kann nun mal nicht lange allein sein. Und, tja, wenn ich von meiner Frau weg muss, dann fahre ich eben abends dahin, wo man etwas dagegen bekommt.«

»Hast du versucht, stattdessen zu beten, wie ich es dir letztes Mal empfohlen habe?«, fragt der Padre, der die Antwort bereits kennt.

»Beten? Ach so, ja, natürlich, Padre. Aber es hat nur so lange geholfen, wie ich gebetet habe. Ich hätte den ganzen Abend und die halbe Nacht lang beten müssen. Da würde ich ja durchdrehen, Padre.« Er lacht laut.

»Und dann bist du also wieder losgezogen«, schließt der Geistliche resigniert.

»Sozusagen«, kommt die kehlige Stimme etwas beklommen von der anderen Seite.

Luxuria, denkt der Padre und fragt sich, ob der unbekannte Sünder noch kommen wird. Luxuria ist eine Königin, die die Welt regiert. Er seufzt.

»Zwanzigmal das Bußgebet, vierzig Vaterunser.« Dann spricht er das Ego Te Absolvo.

»Danke, Padre!«, kommt die laute Stimme von nebenan. »Jetzt geht es mir schon viel besser!«

José María verabschiedet sich, und der Padre denkt darüber nach, wie sinnlos die Beichte ist, wenn man sie benutzt, wie man den Müll rausbringt, damit der Eimer wieder leer ist und neu gefüllt werden kann. José María hat eine dermaßen pragmatische Haltung zur Sünde, und er ist gleichzeitig so gläubig, dass der Padre es manchmal kaum fassen kann. Für diese einfachen Seelen, die keine Hoffnung auf Besserung haben, ist Jesus Christus am Kreuz gestorben! Für Leute wie diesen Lkw-Fahrer, der seinen Schwengel in jedes käufliche Frauenzimmer steckt und glaubt, er sei dann nicht mehr allein! Bestimmt kommt José María in den Himmel, denkt der Padre und muss unfreiwillig lachen. Wohl dem Menschen, dem seine Worte nicht Kummer bereiten und der sich nicht grämen muss im Schmerz über seine Sünde, zitiert er stumm und empfindet eine Art Galgenhumor dabei.

Plötzlich die Tür nebenan, jemand setzt sich. Dann die leise, gehetzte Stimme:

»Padre, sind Sie da?«

Der Padre hält den Atem an. Der Sünder ist gekommen! Er war so in Gedanken, dass er seine Schritte gar nicht wahrgenommen hat.

»Ja, mein Sohn, ich bin hier«, sagt er so ruhig wie möglich und versucht, sich seine Überraschung nicht anmerken zu lassen.

Lucas Hernández sucht nach dem richtigen Einstieg. Er zieht die Stirn in Falten, er rutscht auf der Holzbank hin und her.

»Padre, es tut mir leid, dass ich gestern so überstürzt weggegangen bin.«

»Schon gut, mein Sohn, jetzt bist du ja hier. Was hast du mir zu sagen?«

Es gibt eine Pause, der Padre lauscht, hört den leisen Atem des anderen, versucht, seine Verfassung zu erahnen. Gefasst, angespannt, aber gefasst, denkt er.

»Ich habe nachgedacht, Padre. Die Sünde im Herzen ist begangen, können Sie mir dafür die Absolution erteilen?«

»Natürlich, mein Sohn, doch dafür müsstest du mir zunächst sagen, um welche Sünde es geht. Bisher …«

»Ich weiß, Padre. Ich spanne Sie auf die Folter, das tut mir sehr leid. Ich will sprechen, doch in meinem Kopf ist ein solches Durcheinander, dass ich manchmal gar nicht weiß, was ich beichten soll. Sind es Gedanken? Sind es Gefühle? Ist es mein Vorhaben? Sind es die gesamten letzten zwanzig Jahre?«

Stille.

Der Padre wartet. Er hat überhaupt keine Vorstellung von der Sünde, die der andere begangen haben könnte. Aber der Sünder hat die Luxuria genannt. Weit kann er von José María nicht entfernt sein.

»Padre, glauben Sie, dass man Sünden lernt? Oder ist es vielmehr so, dass wir sündig geboren werden und zur Reinheit finden müssen?«

Hm, denkt der Padre, wieder so eine Fangfrage. Und was soll er darauf sagen? Er denkt an seine Zeit in Südamerika. Die Heiden sind unschuldig wie verirrte Kinder, und doch müssen wir sie bekehren, damit sie erkennen, dass sie Sünder sind. Er erinnert sich an die Blicke der Kinder, vor allem der Knaben. Kleine Jungen erscheinen ihm so unschuldig wie Engel, am liebsten würde er immerzu singen, sobald er ihnen in die Augen schaut. Wenn man bedenkt, was einmal aus ihnen werden kann – Kriminelle, Schläger, Ehebrecher, Sodomisten. Warum ist dieser Kontrast so groß? So viel größer als bei den Mädchen, die auch als Frauen immer noch zuverlässig, rechtschaffen und gut sind? Man muss sich nur die Verbrechensstatistiken ansehen. Aber ausgerechnet die Frauen sind sündig, weil die Männer sie begehren. Der Padre seufzt. Es gibt so vieles, was nicht zusammenpasst. Auch dass er hier sitzt und diesem armen Sünder die Absolution erteilen soll, passt nicht zusammen. Und doch ist es so. José María, dieser simple Geist, hat recht: Nichts im Leben ist perfekt.

»Ich weiß es nicht, mein Sohn«, sagt er schließlich, da er spürt, dass nur Ehrlichkeit den anderen überzeugen wird. »Nach der Doktrin sind wir alle sündig, weil wir sündig gezeugt wurden. Und manchmal denke ich, dass es wirklich so ist. Aber wenn ich die Kinder sehe …«

»Die Kinder!«, ruft der andere aus.

»Ja«, sagt der Padre verwirrt.

»Verzeiht, Padre, verzeiht, ich wollte euch nicht unterbrechen.«

»Schon gut, mein Sohn«, versichert der Padre desorientiert.

»Sie sprachen von den Kindern«, fährt der andere fort. »Ich nehme an, weil sie Ihnen unschuldig erscheinen, nicht wahr?«

»Ganz genau«, sagt der Padre unsicher.

»Und ich frage mich: Ist die Unschuld der Kinder nicht einfach nur Unwissenheit? Verfallen Kinder nicht auf die schrecklichsten Gewohnheiten, einfach nur, weil sie es nicht besser wissen? Kennen Sie Epikur, Padre?«

Der Padre nickt, bevor ihm auffällt, dass der andere das nicht sehen kann.

»Natürlich«, sagt er und hört sich bereits genauso sprechen wie diesen neunmalklugen Sünder, der ihn schon wieder auf Abwege führt.

»Verzeiht, Padre. Natürlich kennen Sie ihn. Sie sind ein Mann der Kirche«, sagt der andere. War das Ironie? Der Padre kann es nicht heraushören.

»Schon gut, mein Sohn«, sagt er, um irgendwas zu sagen.

»Epikur sagte: Wo kein Richter, da keine Schuld. Und ich frage mich, Padre: Ist es nicht so, dass die Kinder deshalb unschuldig sind, weil sie gar keinen Begriff von Schuld haben, bis ein Schuldiger, ein Schuldiger, Padre, ihnen die Schuld beibringt? Und heißt das nicht, dass nur ein Schuldiger auch Richter sein kann? Dass nur ein Schuldiger, einer, der den Unterschied von Gut und Böse am eigenen Leib erfahren hat, diese Erfahrung, Padre, ich rede nicht von Wissen, ich rede von Erfahrung, von Handlung, von böser Handlung, dass nur ein solcher einem Kind unmittelbar klarmachen kann, dass es schuldig ist, weil er ihm Leid zufügt?«

»Worauf willst du hinaus, mein Sohn?«, fragt der Geistliche hilflos.

»Ich habe diesen Nachhilfeschüler, Padre. Und er ... er ist ... ein Engel. Ein ... betörender Engel.«

Die Stimme verstummt. Der Padre atmet tief durch. Also darum geht es, denkt er aufgewühlt. Darum geht es!

»Erzähl mir von diesem Nachhilfeschüler, mein Sohn«, fordert er den anderen auf und zwingt sich, seine Stimme ruhig klingen zu lassen.

Lucas Hernández' Herz pocht so laut, dass er es in seinen Ohren hört. Die Sünde beginnt nicht hier, sagt er sich. Sie hat vor langem begonnen, sie durchläuft zwar verschiedene Phasen, und jetzt ist eine neue Phase eingeläutet, die sich wie ein Anfang anfühlt. Aber die Sünde ist längst in vollem Gang.

»Er ... er hat Dyskalkulie, Padre. Er wird nie ein guter Mathematiker sein. Aber es ist, als wäre genau dies ein Aspekt seiner engelsgleichen Natur. Als wäre er in Wahrheit längst jenseits der Logik und müsste immer wieder zurückgerufen werden ins Reich der Menschen mit ihren engen Formeln für alles und jedes. Das klingt so furchtbar kitschig, wie das Gesülze eines Perversen. Aber ich weiß nicht, wie ich es anders sagen soll.«

»Nein, es klingt nicht kitschig«, widerspricht der Padre, der endlich wieder Boden unter den Füßen spürt, und gleichzeitig innerlich aufgewühlt ist wie schon lange nicht mehr. »Es klingt nur ehrlich. Schäme dich nicht für deine Ehrlichkeit, mein Sohn. Erzähl weiter.«

»Ich weiß nicht, ob es ehrlich ist, Padre. Ich bilde mir ein, ehrliche Gefühle für diesen Jungen zu hegen, aber in mir ist eine Raserei, die blindwütig alles an sich reißen will, einfach nur an sich reißen will. Verstehen Sie überhaupt, was ich sage, Padre? Oder ist Ihnen das fremd?«

»Natürlich verstehe ich dich, mein Sohn«, sagt der Padre beschwichtigend. »Mein Herz schlägt für alle Sünder«, setzt er hinzu und fragt sich, ob das nicht auch kitschig klingt. Er räuspert sich. Jetzt ist Doktrin gefragt, denkt er, Doktrin ist das Einzige, was Sicherheit verspricht. Er kramt in seinem Gedächtnis und zitiert: »Der Herr handelt an uns nicht nach unseren Sünden und vergilt uns nicht nach unserer Schuld. Und so sind auch wir, seine Minister, dazu aufgerufen, in seinem Sinne zu tun.«

»Und doch wird man mit dem gestraft, womit man sündigt«, erwidert die Stimme matt und hoffnungslos. Der Geistliche hält überrascht inne. Solche Bibelkenntnis hat er nicht erwartet.

»Worauf willst du hinaus, mein Sohn?«, fragt er vorsichtig.

»Ich habe noch nie gebeichtet, Padre.«

»Noch nie?«, fragt der Padre überrascht und versteht im selben Moment, warum diese Beichte so anders verläuft als alle anderen, die er bisher abgenommen hat.

»Nein«, sagt Lucas Hernández. »Ich konnte nie daran glauben, dass ein Mensch mir die Schuld, die ich vor Gott auf mich geladen habe, abnehmen kann.«

»Und warum bist du dann zu mir gekommen?«, fragt der Padre bestürzt.

»Ich … ich kann nicht anders, Padre. Ich habe so große Schuld auf mich geladen und werde noch so viel mehr Schuld auf mich laden, dass ich keinen anderen Ausweg sehe, als mit Ihnen zu sprechen.«

Warum ausgerechnet mit mir, will der Padre fragen, doch er weiß, dass das nicht statthaft ist. Er ist ein Minister Gottes, das hat er soeben selbst gesagt, er muss für jeden da sein, der Ansprache, Trost oder eben die Beichte benötigt.

»Es ist gut, dass du zu mir gekommen bist«, sagt er und weiß im selben Moment nicht, ob er das wirklich so meint. »Willst du nun weitererzählen?«

»Ja, Padre«, sagt die Stimme, die sich plötzlich ganz schwer anhört, als trüge sie eine große Last auf ihrem Rücken. Welch ein seltsames Bild, denkt der Padre, eine Stimme kann nichts tragen. Oder doch?

»Wir sitzen immer sehr dicht nebeneinander, wenn ich ihn unterrichte«, sagt Lucas Hernández mit geschlossenen Augen. Er muss sich jetzt vollkommen konzentrieren, um es wirklich so zu sagen, wie er es meint. Er kann die Anspannung des Geistlichen auf der anderen Seite des Beichtstuhls förmlich fühlen, und dieses Gefühl ist so eigenartig in seiner Intensität, dass er Ekel verspürt. Vor wem? Vor sich selbst? Er schüttelt widerwillig den Kopf. Konzentriere dich, denkt er mit Nachdruck. »Er … vielleicht bilde ich es mir ein, Padre, aber ich glaube, er sucht die Nähe zu mir. Ich weiß es nicht, vermutlich bilde ich mir das wirklich ein, weil ich gerne hätte, dass es so wäre, damit ich nicht bloß ein Perverser bin. Damit es unschuldig wäre. Denn wäre es nicht unschuldig, wenn ein Knabe meine Nähe suchte, ein Knabe, der noch nichts weiß von der

Schuld, die man sich auflädt, wenn man solchen Gefühlen nachgibt, Padre?«

Der Padre öffnet den obersten Knopf seiner Soutane. Er hat zu schwitzen begonnen. Was soll er dazu sagen? Die ganze Situation erscheint ihm absurd. Da steht die Kirche im Dauerfeuer der Presse, und hier sitzt dieser Laie, dieser Mann von der Straße, der ausgerechnet ihm seine pädophile Neigung beichtet. Und dann diese Frage!

»Du darfst auf keinen Fall deinen Gefühlen nachgeben, mein Sohn«, sagt er eindringlich. »Der Knabe mag dich lieben, wie er will, doch du kannst dich nur an ihm versündigen, wenn du seinem Werben stattgibst. Sei stark und bete das Vaterunser!«

Stille.

Der Padre lauscht angestrengt. Kein Laut ist zu hören, kein nervöses Rutschen, nichts.

»Glaubt Ihr, Gott führt mich in Versuchung, um meinen Glauben zu prüfen, Padre?«

»Alles, was geschieht, ist Gottes Werk, mein Sohn. Wenn du in Versuchung gerätst, ist es Gott, der dich in Versuchung führt, nicht dieser Knabe. Dieser Knabe ist nur ein Instrument, das ...«

»Aber dieser Junge ist aus Fleisch und Blut, Padre! Er ist sanft und klug und bescheiden, er liebt Musik und hat ein strahlendes Lächeln. Seine Gestalt ist so harmonisch, ich habe nie zuvor ein solches ... Wesen gesehen.«

Verzweiflung, der Padre hört pure Verzweiflung. Und Begehren, verzweifeltes Begehren. Vielleicht sogar Liebe. Aber eine sündige Liebe, eine Liebe, die vor Gott keinen Bestand hat. Er schwitzt. Er bebt innerlich. Er wünschte, dieser Sünder wäre nicht zu ihm gekommen. Er wünschte, er könnte für den Rest seines Lebens mit Menschen wie José María über ihre kleinen Verfehlungen sprechen. Soll der Fahrer doch rumvögeln, wie es ihm gefällt. Er erteilt ihm liebend gern die Absolution, damit alles im Rahmen bleibt. Aber das hier …

Plötzlich wird ihm klar, dass Gott auch ihn prüft, dass er diesen Sünder ausgerechnet zu ihm geschickt hat, um seine Standhaftigkeit herauszufordern. Er beginnt zu zittern, so klar steht es ihm vor Augen. Dies ist kein Zufall! Dies ist die Vorsehung! Die Vorsehung hat ihn, Roque de Guzmán, auserwählt! Nun kann er beweisen, dass er frei von Schuld ist, dass er rein im Herzen ist, dass er fähig und willens ist, diese arme verirrte Seele zu retten! Nun kann er vieles wiedergutmachen, vielleicht sogar alles!

Er atmet schwer, so ergriffen ist er von dieser plötzlichen Erkenntnis. Danke, Herr, dass du ihn zu mir geführt hast, denkt er voller Inbrunst, Danke, Herr! Er bekreuzigt sich mehrere Male und hebt anschließend die betenden Hände zum Himmel. Dann fasst er sich. Mit ruhiger Stimme sagt er:

»Das mag so scheinen, mein Sohn. Und doch ist er nur ein Kind, das nicht weiß, was es begehrt. Du aber bist ein Erwachsener. Du weißt genau, dass das, was du willst, heillos ist, und deshalb musst du stark sein und dich abwenden.« Er überlegt kurz. »Wenn es dir nicht gelingt, der Versuchung zu widerstehen, dann gib diesen Schüler unter einem Vorwand ab.«

»Das … kann ich nicht, Padre.«

»Warum nicht?«

»Weil er erst durch mich besser geworden ist. Seine Mutter setzt ihre ganze Hoffnung auf mich. Und er vertraut mir. Er ist glücklich, seit er nicht mehr als Dummkopf dasteht. Sie haben ja keine Ahnung, was so ein Handicap für Auswirkungen hat. Als ich ihn kennenlernte, hatte er gar kein Selbstbewusstsein. Er hatte keine Freunde, weil er sich nicht traute, auf diejenigen zuzugehen, die ihn interessierten, er fühlte sich wie ein Idiot! Er hatte nicht einmal das Dezimalsystem verstanden, Padre. Mit fast zehn Jahren! Mathematik gilt immer noch als Intelligenzbeweis in unserer Gesellschaft. Das spüren die Kinder. Ich habe ihn vor einem Trauma bewahrt, weil er jetzt im Unterricht mitkommt, und wann immer er die Grundregeln vergisst, bin ich da und wiederhole sie mit ihm. Sie können sich gar nicht vorstellen, welche Veränderung er durchlaufen hat, seit ich ihn das erste Mal sah. Er war schüchtern, mutlos, traurig. Jetzt strahlt er Zuversicht und Lebensfreude aus, das ist … unbezahlbar, Padre!«

»Das mag sein, mein Sohn, aber trotzdem …«

»Ich kann ihn jetzt nicht einfach allein lassen, Padre!«

Der Padre fächert sich Luft zu. So viel hat der Sünder noch nie am Stück geredet. Der Damm ist gebrochen, jetzt gilt es, die Flut mit Bedacht in die richtige Richtung zu leiten.

»Ich verstehe dich, mein Sohn«, sagt er. »Der Glaube, unersetzlich zu sein für das Wohl eines Schutzbefohlenen, ist mir nicht unbekannt. Doch sei dir bewusst, dass auch das eine Fassade für dein eigentliches Anliegen sein kann, für dein Begehren. Jeder … Liebende will, dass das geliebte Wesen ihn braucht, das ist so weit ganz natürlich. Du hast nur das Objekt deiner Liebe falsch gewählt.«

»Ich habe nicht gewählt, Padre«, antwortet die Stimme, die plötzlich sehr müde klingt. »Ich hatte keine Wahl. Ich war und bin dem, was geschehen ist und geschieht, wehrlos ausgeliefert.«

»Du hast immer eine Wahl, mein Sohn«, sagt der Padre mit fester Stimme, obwohl er weiß, was der andere meint. »Nur wenn du glaubst, dass du eine Wahl hast, dann hast du sie auch.«

»Aber die Vergangenheit kann niemand ändern, Padre, nicht einmal Gott.«

»Gott will die Vergangenheit nicht ändern, denn sie war sein Werk, und sein Werk war gut, mein Sohn, vergiss das nie!«

Stille.

Der Padre lauscht. Einen Moment lang glaubt er, leises Weinen zu hören. Oder hat er sich getäuscht? Jetzt schnäuzt der Sünder sich. Er muss geweint haben. Welch eine gepeinigte Seele, denkt der Padre und spürt einen Moment lang echtes Mitleid.

Die Minuten vergehen. Plötzlich sagt die Stimme:

»Warum nur hat Gott uns die Entscheidung über Gut und Böse selbst überlassen? Ich verstehe das nicht. Wären wir nicht alle viel glücklicher, wenn wir gut wären und Gutes täten?«

Wieder diese Verzweiflung, doch diesmal ist es wehleidige Verzweiflung, als hätte sich der Sünder bereits selbst aufgegeben.

»Du bist nicht böse, mein Sohn«, erwidert der Padre beschwichtigend. »Du bist nur ... verwirrt. Glaub mir, auch ich war einst verwirrt, auch ich habe gefehlt, weil ich verwirrt war, auch ich wusste nicht mehr, was Gut und was Böse ist, auch ich habe gefrevelt. Doch Gott hat mir vergeben, und jetzt bin ich hier und verrichte Sein Werk voller Dankbarkeit. Weil Er mich von dem Bösen erlöst hat! Weil Er mich nicht mehr in Versuchung führt!« Der Padre macht eine Pause und hat das seltsame Gefühl, soeben selbst eine Beichte abgelegt zu haben. Er schüttelt befremdet den Kopf. Wie kommt er dazu, diesem Unbekannten von seiner Vergangenheit zu erzählen?

Lucas lauscht in die Stille. Was der Padre gerade gesagt hat, lässt ihn aufhorchen.

»Sie haben gesündigt?«, fragt er ungläubig.

»Wir ... sind alle Sünder, mein Sohn«, antwortet die Stimme des Geistlichen, der sich nicht wohl fühlt in seiner Haut. Hat er zu viel gesagt? Hat er zugelassen, dass sich die Verhältnisse in ihr Gegenteil verkehren? Dann fasst er sich. Was gesagt ist, ist gesagt, nun gilt es, dafür geradezustehen. »Ich habe gesündigt wie jeder Sterbliche, und ich schäme mich dafür. Doch der Herr hat die Sünde von mir genommen. Deshalb kann ich dich verstehen, mein Sohn. Aber deshalb kann ich dich auch aus der Sünde führen.«

»Manchmal frage ich mich, ob Sünde nicht etwas Relatives ist, Padre.«

»Wie meinst du das?«, fragt der Geistliche. Schon wieder eine neue Volte, denkt er.

Lucas lauscht auf den Atem des Padre. Er weiß, dass er ihm viel abverlangt, doch er kann nicht anders, er muss.

»Gab es nicht Gesellschaften, die ganz andere Maßstäbe hatten, und wo die Knabenliebe nicht nur geduldet, sondern sogar hoch angesehen war?«

»Du meinst die alten Griechen, nicht wahr?«, fragt der Padre.

»Ich wäre sein Erastes und er mein Eromenos.«

Die Stimme des Sünders klingt so sehnsüchtig, dass der Padre einen Moment lang von Schwindel ergriffen wird. Nur Doktrin hilft hier, Doktrin ist der einzige wahre Zufluchtsort, den es gibt, ermahnt er sich.

»Mein Sohn«, sagt er fast bittend, »denk an Paulus' Worte: Oder wisst ihr nicht, dass Ungerechte das Reich Gottes nicht ererben werden? Irret euch nicht! Weder Unzüchtige noch Götzendiener, noch Ehebrecher noch Lustknaben noch Knabenschänder, noch Diebe noch Habsüchtige, noch Trunkenbolde noch Lästerer noch Räuber werden das Reich Gottes ererben.« Er hält erschöpft inne. Er hat diese Zeilen so oft in seinem Leben rezitiert, dass er jetzt, Jahre später, das Gefühl hat, zurückgekehrt zu sein. Doch es muss sein. Wenn er Gottes Werk verrichten will, darf er nicht auf sich selbst achten. »Denn wir haben soeben Juden und Griechen als schuldig erwiesen«, rezitiert er, »dass sie alle unter der Herrschaft der Sünde seien.« Er macht eine Pause und sammelt sich. Jetzt muss er die richtigen Worte finden, und es müssen starke

Worte sein, Worte, die diesem Sünder die Folgen seiner Taten vor Augen führen. »Die Griechen«, fährt er fort, »waren Heiden, sie kannten Gott nicht, und als sie ihn kennenlernten, entsagten sie ihren alten Gebräuchen und wurden fromm. Willst du ein Heide sein? Willst du Gott abschwören und dich der Unzucht hingeben?«

Stille.

Lucas Hernández rutscht nervös auf der Holzbank hin und her. Er weiß nicht, was er sagen soll. Ihn treibt eine Macht, über die er keine Gewalt hat. Er denkt während seines Gesprächs mit dem Padre fast nicht. Alles scheint wie von selbst aus ihm herauszukommen, als ob er selbst bloß ein Zuschauer wäre. Doch jetzt ist er an einem toten Punkt angelangt. Willst du ein Heide sein? Willst du Gott abschwören? Er könnte Ja sagen, und es wäre eine Lüge, und er könnte Nein sagen, und es wäre ebenso eine Lüge. Er hat keine Antwort. Er ist im Begriff, in Gottes Antlitz zu schauen und währenddessen zu sündigen. Vergib uns unsere Schuld, wie wir vergeben unsern Schuldigern, und führe uns nicht in Versuchung.

»Sind wir nicht alle Gottes Instrument, Padre?«, fragt er, ohne zu überlegen.

Der Padre ist verwirrt. Woher kommt das schon wieder?

»In gewisser Weise ja«, sagt er vorsichtig. »Doch vergiss den freien Willen nicht, mein Sohn. Erst wenn du deinen freien Willen Gottes Gebot unterwirfst, bist du wahrlich sein Instrument.«

»Aber wie weiß ich, was Gottes Wille ist?«

»Bete und lies die Bibel!«

»Ich habe tausendfach gebetet und unzählige Male die Bibel gelesen, Padre! Doch Gott hat nie zu mir gesprochen. Nie hat er meine Bitte erhört, nie hat er meine Fragen beantwortet!«

»Du darfst nicht verzagen, mein Sohn! Gott kommt nicht, wann wir wollen. Wann Gott kommt, das weiß nur Er allein.« Was soll er diesem Verirrten, diesem Verlorenen auch anderes sagen? Ein Päderast! Neben ihm sitzt ein Päderast und sucht nach einer Rechtfertigung für sein sündiges Verlangen! »Reinige dein Herz, mein Sohn!«, sagt er beschwörend, fast flehend. »Denn von innen, aus dem Herzen der Menschen, kommen die bösen Gedanken, Unzucht, Diebstahl, Mord, Ehebruch, Habsucht, Bosheit, List, Ausschweifung, neidischer Blick, Lästerung, Hochmut, Narrheit. Alle diese bösen Dinge kommen von innen heraus und verunreinigen den Menschen.« Der Padre hat seine ganze Überzeugungskraft in das Zitat gelegt. Jetzt hofft er, dass es seine Wirkung entfaltet.

»Mein Herz reinigen?«, sagt die Stimme bitter. »Wenn ich je ein reineres Herz an meiner Seite habe schlagen hören, dann ist es seines. Wenn je ein unreineres Herz an seiner Seite schlug, dann ist es meines. Glaubt nicht, Padre, ich wüsste nicht, was richtig und was falsch ist. Ich weiß es sehr wohl. Aber ich fühle es nicht. Und kann ich es nicht fühlen, ist alles Wissen nichts wert.«

»Warum fühlst du es nicht?«

»Weil seit langer Zeit ein Stein auf meinem Herzen liegt und es unter sich begräbt.«

Wieder diese Stegreifpoesie, denkt der Padre, um sich Erleichterung zu verschaffen. Diese Beichte verlangt ihm mehr ab, als er zu geben bereit ist, und das ist kein gutes Gefühl.

»Erzähl mir von diesem Stein«, sagt er mit sanfter Stimme.

»Er wurde nicht von mir dorthin gelegt, und ich kann ihn nicht entfernen. Ich habe keine Hände, die ihn greifen könnten, keine Gedanken, die ihn denken könnten, keine Gefühle, die ihn sprengen könnten.«

Du meine Güte, denkt der Padre, jetzt wird es schwülstig. Was der da redet, klingt vor allem nach einer ordentlichen Portion Selbstmitleid. Doch dann schüttelt er den Kopf, als wollte er eine

Mücke vertreiben. Nicht voreilig urteilen!, weist er sich zurecht. Der Sünden sind viele, ebenso viele wie der Leiden. Du musst rein bleiben im Angesicht der Sünde, sonst bist auch du verloren. Und wer soll dann wen im Namen Gottes von Sünde freisprechen?

»Hast du dich schon einmal an einen Therapeuten gewandt?«, fragt er mit derselben sanften Stimme. Er ist kein Freund der Psychologie, in seinen Augen ist sie ein atheistischer Versuch, das Heil ohne Gott zu erlangen. Doch in diesem Fall ... Du willst ihn loswerden, sagt eine anklagende Stimme in seinem Kopf. Gib es zu, er ist dir zu viel, und jetzt willst du ihn aufgeben und dafür sorgen, dass er sich woanders Hilfe sucht. Nein!, denkt der Padre, doch er ist sich nicht sicher. Kam diese Stimme aus seinem Innern, aus seinem Herzen? War es die Stimme seines Gewissens? Er würde am liebsten jetzt auf den Knien zu Gott beten und ihn um Standhaftigkeit anflehen, doch er hat keine Zeit dafür, denn der Sünder meldet sich wieder, gepresst, nervös, leise und getrieben.

»Ich muss gehen, Padre.«

Bevor der Geistliche reagieren kann, ist der andere draußen, er hört seine schnellen, regelmäßigen Schritte auf dem Steinboden der Kirche. Er schaut auf die Uhr, 18:25 Uhr, er hat noch etwas Zeit, heute steht nichts an vor der Abendmesse. Am liebsten würde er einfach sitzenbleiben und nichts tun. Am liebsten würde er schlafen und alles vergessen, vor allem dieses Gespräch. Doch es muss weitergehen. Er stemmt sich in die Höhe und bemerkt, dass sein linkes Bein eingeschlafen ist. Jetzt kribbelt es unangenehm und beeinträchtigt seine Bewegungen. Wie ein Gehbehinderter verlässt er den Beichtstuhl und macht sich auf den Weg ins Pfarrhaus.

5

Lucas Hernández verlässt die Kirche wie jemand, der auf der Flucht ist. Was für ein Gespräch!, geht es ihm immer wieder durch den Kopf. Er müsste jetzt eigentlich eine Beichte über diese Beichte ablegen. Die Sünde ist auf dem Weg, denkt er gehetzt, sie ist auf dem Weg und nichts kann sie aufhalten. Er denkt an den Knaben, und auch der tut ihm leid, nie wird er wiedergutmachen können, was er im Begriff ist, ihm anzutun. Niemals. Sein Herz krampft sich zusammen bei dem Gedanken an die Zukunft. Der Junge erscheint ihm wie ein Opfer, das er einem höheren Zweck darbringt.

Plötzlich bleibt er stehen. Das ist pervers. Der Gedanke steht vollkommen klar in seinem Geist. Obwohl er ihn schon so oft gedacht und sogar ausgesprochen hat – jetzt hat er eine Klarheit, die tiefer geht, ihn von innen her berührt.

Doch die Zeit bleibt nicht stehen, und schon ist es nur noch ein Gedanke. Lucas geht weiter, die zweihundert Meter bis zum Eingang der Metro-Station Pinar del Rey. Die Station ist voller Menschen, die von der Arbeit zurückkehren, es ist Feierabend, die Pendler aus den Randbezirken ziehen sich aus dem Stadtzentrum zurück und kommen wieder da an, wo sie wirklich hingehören. Hortaleza ist kein nobles Viertel, eher eine Art billige Bettenburg für niedere Angestellte. Dass der Padre ausgerechnet hier lebt, denkt Lucas. Ein eigenartiger Ort für einen, der der Welt entsagen will. Halb anonyme

Großstadt, halb dörfliche Provinzialität. Aber vielleicht will er der Welt gar nicht entsagen, vielleicht ist diese ungastliche Gegend ja Teil seiner Läuterung. Und ich, denkt Lucas, was tue ich hier?

Die Linie 8, die stadteinwärts fährt, kommt an, sie ist fast leer. Lucas steigt ein, setzt sich, und schon fährt die Bahn an. Ein idiotisches Gefühl von Befreiung durchflutet ihn, als ob diese durch einen Tunnel rasende Blechdose ihn von irgendetwas forttragen könnte. Er ist erschöpft, in seiner Magengegend hat sich ein flaues Gefühl eingenistet. Es greift ihn so stark an, dass er meint, sich nicht mehr aufrecht halten zu können und sich vornüberbeugen zu müssen, um ein Loch zu schließen, das sich dort aufgetan hat und ihm die Energie aus dem Körper saugt. Er widersteht dem Impuls und versucht sich abzulenken, indem er die Werbeflächen liest, doch es funktioniert nicht. Er muss Willenskraft aufwenden, um sich nicht zusammenzukauern. Er erinnert sich an ein Buch, das er als Jugendlicher gelesen hat. Ein Loch im Universum, eine Verbindung zu einem Paralleluniversum, durch das Energie verloren geht. Er stellt sich vor, in seinem Magen sei wirklich ein Loch, durch das in eine Parallelwelt Energie abfließt, doch da ist kein paralleles Universum, da ist nur eine Welt, in der die Vergangenheit nie endet, und er ist bloß ein Wirtstier, das dazu dient, diese Vergangenheit am Leben zu halten, indem er ihr den größten Teil seiner Kraft abtritt. Eine furchtbare Vorstellung, er muss dieses Loch schließen, er muss die Vergangenheit beenden, um die Zukunft in der Zukunft lassen zu können. Doch wie? Er denkt an den Jungen. Es tut mir so leid, denkt er, so leid! Tränen treten ihm in die Augen, er sieht sich rasch um, die wenigen anderen Passagiere sind zu weit entfernt, maskierte Fremde, es gibt nichts Anonymeres als einen maskierten Fremden, wir haben eine neue Dimension von Urbanität eröffnet, denkt er, wir sind jetzt in der offensichtlichen Anonymität, in der notwendigen Anonymität angekommen. Und doch trägt jeder sein persönliches Drama mit sich herum, das ihn vollkommen beherrscht, das seine Sicht der Welt bestimmt, und die meisten flüchten sich ins Gegenteil ihres Dramas, die meisten zwingen sich zu einer antidramatischen Sicht der Wirklichkeit, um funktionieren zu können, um überhaupt leben zu können. Aber das Drama lässt sich auf diese Weise nicht vollkommen aufwiegen, es blitzt immer genau da auf, wo wir nicht hinsehen, und dann verschlingt es uns doch wieder. Das Loch in seinem Magen ist seine Brücke zur unbeendeten Vergangenheit, und er hat immer dafür gesorgt, dass die Verbindung nie abreißt, damit er nicht völlig aufhört zu fühlen. Bisher ging das gut. Aber jetzt?

In Nuevos Ministerios steigt er um in die Linie 10 und fährt bis Alonso Martínez. Die 10 ist immer voll, denn jetzt ist er im äußeren Zentrum, Madrid ist eine Stadt, die niemals schläft, und das passt zu ihm. Ob der Padre gut schläft? Bestimmt schläft er gut, er hat ein reines Gewissen, denkt er lakonisch.

In Alonso Martínez nimmt er die 5 bis Chueca. Vielleicht hat er einfach nur Hunger. Er beschließt, essen zu gehen.

Als er aus der Metro in die laue Abendluft tritt, läutet sein Handy. Er schaut auf den Absender und zögert. Das Handy läutet weiter, stur, beharrlich. Er weiß, dass Marina so lange warten wird, bis er mit ihr spricht. Er weiß, dass sie weiß, dass er jetzt dasteht und nicht weiß, was er mit ihrem Anruf tun soll. Er zögert, es läutet.

Endlich hebt er ab.

»Marina?«

Stille am anderen Ende. Dann eine Kinderstimme.

»Papa?«

»Ana María!«, ruft er überrascht aus. »Wie viel Uhr ist es bei euch? Musst du nicht in der Schule sein?«

»Ich bin krank, Papa«, sagt die Kinderstimme mit Bedauern.

»Was hast du denn?«, fragt Lucas besorgt. Alles andere verschwindet aus seinem Geist, als wäre es nie dagewesen.

»Ach, nur eine Grippe.«

»Ist es schlimm?«

»Nein, nur sehr ansteckend, deshalb darf ich nicht in die Schule. Mama hat etwas von Intensivbetten erklärt, was ich nicht verstanden habe.«

»Ach so«, sagt Lucas erleichtert, und spürt im selben Augenblick, wie alles andere zurückkommt, als wäre seine Sorge eine Flut gewesen, und jetzt, da sie sich zurückzieht, ist der Untergrund mit seinen Rissen und Narben wieder sichtbar.

»Wann kommst du nach Hause, Papa?«

»Ich weiß es nicht, mein Schatz«, antwortet Lucas. »Ich habe noch viel Arbeit vor mir.«

»Mama sagt, dass du nicht mehr bei uns wohnen wirst, wenn du zurückkommst.« Die Stimme klingt traurig und fragend, als hätte ihre kleine Besitzerin noch einen Rest Hoffnung, dass es vielleicht doch anders kommen wird.

Lucas hat einen Kloß im Hals. Was soll er sagen? Dass er Marina nicht mehr liebt? Das wäre gelogen. Dass er sie trotz der Trennung noch liebt? Das wäre auch gelogen. Ich habe keinen Ort, denkt er, nur ein Loch im Magen.

»Alles wird gut, mein Schatz«, antwortet er notdürftig.

»Wirklich?«, fragt die Stimme.

»Ja«, sagt Lucas und zwingt sich, überzeugt zu klingen.

»Ich muss jetzt aufhören, Papa. Mama sagt, es wird sonst zu teuer. Ich hab' dich lieb.«

»Ich dich auch«, flüstert er, aber da hat Ana María bereits aufgelegt.

Er steckt das Handy in die Hosentasche und sieht sich um. Was tut er hier? Alles erscheint ihm plötzlich abwegig.

6

Der Padre wartet, bis Consuelo Ramal, die ältliche Haushälterin, die er von seinem Vorgänger geerbt hat, das kleine Pfarrhaus verlässt. Wie jeden Samstagvormittag hat sie geputzt, gebügelt, das Geschirr gespült und das Bett frisch bezogen. Sie tut es ehrenamtlich, Geld will sie keines nehmen, deshalb hat sie auch nie unter der Woche Zeit. Da arbeitet sie in einem Vier-Sterne-Hotel unweit von Atocha als Reinigungskraft. Consuelo ist eine gläubige Frau, seit sie verwitwet ist, besteht ihre Freizeit aus wohltätigen Aktivitäten im Viertel. Während sie im Pfarrhaus gearbeitet hat, war der Padre in der Kirche beschäftigt. Die Morgenmesse um 7:25 Uhr, ab 8 Uhr dann drei Taufen und eine Hochzeit, fast ohne Pause. Jetzt ist er müde und hungrig. Immerhin ist die Kirche mal wieder fast voll gewesen.

Als er ins Pfarrhaus zurückkehrt, hat Consuelo sogar schon ein Essen für ihn zubereitet.

»Du bist ein gottgesandter Engel«, sagt er zu ihr. Sie lächelt ihn verlegen an und erwidert:

»Padre! Sie alter Charmeur!«

Der Padre sagt nichts dazu und isst mit Heißhunger die Patatas Bravas und die Gambas al Ajillo, die sie ihm zubereitet hat. Strenggenommen darf eine Gläubige nicht auf diese weltliche Weise mit einem Kirchenmann sprechen, doch er und Consuelo sind so jenseits aller Versuchung, dass er ihr das harmlose Spiel durchgehen lässt.

Als sie fort ist, begibt er sich in sein Arbeitszimmer. Die unterste Schublade des alten Sekretärs, den er aus Peru mitgebracht hat, ist verschlossen, er hat sie seit Jahren nicht mehr geöffnet. Er kramt in den anderen Schubladen, bis er den Schlüssel findet und sie aufschließen kann.

In der Schublade befinden sich Alben, die er aufbewahrt hat. Seine früheren Gemeinden. Sevilla, Caracas, Lima, Montevideo, Oviedo, Soria. Nur von Hortaleza gibt es kein Album. Sechs Stationen. Er greift wahllos nach einem der Alben, legt es auf den mit dunkelgrünem Leder bespannten Tisch und schlägt es irgendwo auf. Lächelnde Gesichter, Erwachsene, Kinder. Orte, an die er vielleicht nie mehr zurückkehren, Menschen, die er vermutlich nie mehr wiedersehen wird. Er fühlt Trauer, aber auch Schuld. Er hat diese Leute im Stich gelassen, hat sich aus dem Staub gemacht, um woanders neu anzufangen. Warum konnte er nicht mit dem zufrieden sein, was ihm gegeben worden war? Hat er sich sein Schicksal nicht selbst ausgesucht? Hat Gott ihm nicht den freien Willen gegeben, damit er das Richtige vom Falschen unterscheiden kann? Warum also? Er hat keine Antwort, die Vergangenheit, sie besteht aus erstarrten Fotografien, aus erstarrten Gefühlen. Wenn er nur zurückgehen und alles noch einmal von vorn beginnen könnte, er würde es anders machen. Aber er muss dankbar für das sein, was er hat. Der Herr hat ihm die Gnade der Einsicht gewährt, Er hat ihn erkennen lassen, dass er auf dem falschen Weg war, auf dem Weg in die Hölle.

Der Padre schließt die Augen. Woher kommen diese trostlosen Gedanken?, fragt er sich und kennt die Antwort, bevor er sie denken kann: Der Sünder mit seiner Bodenlosigkeit hat ihn viel tiefer berührt, als er es sich eingestehen will. Schon lange ist ihm kein so zerrissener Mensch mehr begegnet. Beängstigend zerrissen. Die meisten Sünder halten sich an irgendetwas fest, damit sie nicht auseinanderdriften und sich selbst aus den Augen verlieren. Doch dieser Mann scheint auch das hinter sich gelassen zu haben. Wie er schwankt! Den Priester schaudert es bei dem Gedanken an ihr letztes Gespräch. Mal bezichtigt der Sünder sich selbst, dann wieder möchte er seine widernatürlichen Gefühle rechtfertigen, als würde er in zwei Welten zugleich leben, in einer Welt der Wünsche und einer Welt des Gewissens. Und tun wir das nicht alle irgendwie?, fragt er sich. Ist die Sünde, das Bewusstsein der Sünde, nicht eben dieses Wissen darum, dass wir in zwei Welten leben, die wir nicht miteinander vereinen können? Und sind diejenigen, die einfach so tun, als wäre die Welt der Wünsche in Wahrheit die wirkliche Welt, nicht die hoffnungslosen Sünder, diejenigen, für die es keine Rettung geben kann? Er schüttelt sich unwillkürlich. Gott sei Dank ist er diesem Schicksal entgangen. Ist er? Er wischt diesen Zweifel beiseite. Der Zweifel ist das Tor zur Hölle, der Zweifel öffnet den Weg für ein Heer an Gedanken, Wünschen, Sehnsüchten, die alle nur das Eine wollen: dort weitermachen, wo sie aufgehört haben, als er ihnen den Atem abgedrückt und sie in die Knie gezwungen hat. Niemals zweifeln!, sagt er sich mit Nachdruck. Er ballt die Fäuste und schließt die Augen. Zweifle niemals, Roque de Guzmán! Dass der Sünder diesen inneren Kampf kämpft, bedeutet, dass es noch Hoffnung für ihn gibt. Dass er zu ihm, einem Mann der Kirche kommt, bedeutet, dass er Hilfe sucht. Und er muss jetzt stark sein, vielleicht stärker als je zuvor. Für diesen armen Sünder – und für sich selbst.

Er schaut auf die Uhr. Es ist Zeit für die Messe.

7

Sonntag. Heute ist der Beichttermin früher, weil sonntags erfahrungsgemäß mehr Menschen kommen. Der Padre schaut auf seine Armbanduhr. Kurz nach vier. Er sitzt im Beichtstuhl und wartet und hofft, der Sünder möge nicht erscheinen, und er tadelt sich, weil er damit nur an sich selbst denkt. Warum fürchtest du dich, wenn du ein reines Herz hast?, fragt er sich herausfordernd. Denn er hat ein reines Herz, er ist frei von allen Todsünden, endlich frei. Niemals zweifeln.

Als er Schritte auf dem Steinboden hört, die sich vom Eingang her nähern, hält er den Atem an. Er hat gelernt, den Sünder herauszuhören, und jetzt versucht er, sich ins Unvermeidliche zu fügen. Aber der Widerstand ist da, er kann nichts dagegen tun. Die Schritte kommen näher, verstummen, als der andere die Tür des Beichtstuhls erreicht. Der Padre hört ein Seufzen, dem Sünder fällt es genauso schwer, denkt er. Nein, viel schwerer, korrigiert er sich. Viel, viel schwerer.

Endlich öffnet der andere die Tür, die leise knarzt, und betritt den Beichtstuhl, lässt sich nieder, während die Tür mit einem dumpfen Schlag zufällt. Dann Stille.

»Padre?«, fragt die leise, gehetzte Stimme, die dem Geistlichen schon allzu vertraut ist.

»Ich bin hier, mein Sohn«, sagt er so gelassen wie möglich.

»Ich habe nachgedacht, Padre. Was, glauben Sie, stimmt im Herzen eines Menschen nicht, der ein … solches Verlangen hat?«

Der Padre schluckt. Schon die erste Frage bringt ihn in Verlegenheit! Reiß dich zusammen, Roque de Guzmán, herrscht er sich stumm an. Jetzt heißt es, klaren Kopf zu bewahren, wenn er das Richtige sagen will.

»Das ist keine leichte Frage, mein Sohn«, beginnt er langsam, um Zeit zu gewinnen. »Ich war schon einmal mit einem Menschen konfrontiert, der ein solches … Begehren empfand. Vor vielen Jahren.«

»Oh«, sagt die Stimme überrascht. »Was war das für ein Mensch?«

Der Padre zögert. Darf er so mit dieser Situation umgehen? Ist es die richtige Herangehensweise? Zu spät für solche Zweifel, gesagt ist gesagt, jetzt heißt es, klug weiterzumachen.

»Es war ein junger Mann, unerfahren, etwa dreißig Jahre alt.«

»Ich bin auch dreißig«, sagt die Stimme.

»Oh, also ein Mann in deinem Alter, mein Sohn.«

»War er ein schlechter Mensch, Padre?«

Der Padre zögert erneut.

»Ja und nein«, sagt er schließlich. »Er war schlecht, weil sein Begehren dem falschen … Objekt galt.« Er hält inne und verzieht das Gesicht. Warum hat er ›Objekt‹ gesagt, warum bei allen guten Geistern hat er das so formuliert? Um Abstand zu wahren? Um sich nicht darauf einzulassen? Er schwitzt schon wieder, er muss schon wieder den obersten Knopf der Soutane öffnen. Das wird allmählich zu einem bizarren Ritual. Zum Glück kann der andere ihn nicht sehen, denkt er.

Lucas Hernández hat das Wort genau gehört. Objekt. Er denkt nichts dazu, er hört es sich an und verfolgt seinen langen Nachklang ohne jeden Kommentar. Objekt. Er wartet.

»Ein Junge, ein Knabe war es«, sagt er Padre schließlich und fühlt sich eigenartig. Was er da tut, schien zunächst eine Möglichkeit zu sein, um überhaupt sprechen zu können. Doch jetzt ist er sich dessen nicht mehr sicher. »Ein sehr schöner Knabe für jenen jungen Mann. Er versicherte mir, dass er ihn liebte, immer wieder tat er das.«

»Und glaubten Sie ihm?«, fragt der andere.

Der Padre hört die Anspannung in der Stimme des Sünders. Natürlich, denn die Antwort betrifft auch ihn.

»Ja«, sagt er schließlich wahrheitsgemäß. »Ich glaubte ihm. Ich glaubte ihm, dass die Wurzel seines Gefühls rein war. Doch das Problem bestand nicht in seiner Liebe zu dem Jungen. Es bestand darin, dass er auch für sich selbst etwas haben wollte.«

»Was wollte er haben?«

Die Anspannung ist jetzt fast mit Händen zu greifen.

»Er wollte selbst Liebe. Er wollte geliebt werden. Er wollte den Jungen besitzen, um selbst wieder in eine unschuldige Form der Liebe zurückzukehren. Er sehnte sich danach, eine folgenlose, kindliche Form der Liebe zu erleben, selbst wieder ein Junge zu sein, und gleichzeitig nutzte er seinen Vorteil als Erwachsener, um an diese Liebe zu gelangen. Er wollte seine innere Spaltung überwinden, indem er ein Wesen, das ihm vollkommen, ja, fast engelhaft erschien, verführte. Er wollte das Böse benutzen, um das Gute zu erreichen. Doch das kann niemals funktionieren, niemals!«

Der Padre schweigt erschöpft. Noch nie hat er diese Worte gesagt, zu niemandem. Nicht einmal gedacht hat er sie bisher, eher gefühlt. Jetzt sind sie förmlich aus ihm herausgequollen, als hätten sie jahrzehntelang auf diesen Augenblick gewartet. Erneut überkommt ihn das ungute Gefühl, die Verhältnisse hätten sich verkehrt, er selbst spräche zu viel, wo er doch vor allem zuhören sollte. Aber dafür ist es jetzt zu spät. Er hat es für den Sünder getan, er hat es getan, damit dieser ein Einsehen hat und ablässt von seinem sündigen Unterfangen.

Der andere hat zunächst geschwiegen. Jetzt sagt er leise, fast staunend:

»Das alles war Ihnen damals klar?«

»Damals nicht, mein Sohn. Damals versuchte ich nur, ihn von seinem Weg abzubringen. Ich flehte ihn an und betete für ihn.«

»Kam er häufiger zu Ihnen in die Beichte?«

»Ja«, sagt der Padre. »Wann immer er mit dem Knaben zusammen war, ging er anschließend mit sich selbst ins Gericht. Dann kam er zu mir.«

»Und doch konnten Sie ihn nicht zur Umkehr bewegen, Padre«, sagt die Stimme, und es ist keine Frage, sondern eine Feststellung.

»Nein«, gibt der Padre niedergeschlagen zu. Ich war nicht rein, sagt er stumm zu sich selbst. Mein Glaube war nicht stark genug, um das Böse zu vertreiben. Ich war zu schwach, zu egoistisch. Doch das alles wird er dem Sünder nicht anvertrauen. Er muss zusehen, dass dieses Gespräch wieder ins richtige Verhältnis kommt, er darf nicht mehr so viel reden.

»Padre«, sagt die Stimme aufgewühlt, »alles, was Sie sagen, ist bestimmt wahr. Und doch frage ich mich: Wenn die Beichte diesen Sünder nicht von seiner Sünde abhalten konnte, welche Hoffnung habe dann ich?«

Heute bin ich rein, will der Padre sofort sagen, hält sich aber zurück. Das wäre nicht statthaft, er würde sich ja anbieten wie eine Marktfrau ihre Waren. Er darf nicht lächerlich werden, er muss die Würde seines Amtes wahren. Er kann nur helfen, wenn kein Zweifel an seiner Integrität als Mann der Kirche aufkommt. Nur der Glaube kann Berge versetzen, ohne sie zu zerstören, denkt er mit Nachdruck.

»Du bist nicht wie jener Sünder«, sagt er vorsichtig.

»Woher wollen Sie das wissen?«, fragt der andere sofort.

»Du bist nachdenklicher, zweifelnder als jener junge Mann«, sagt er wie jemand, der lauscht, ob die Worte, die seinen Mund verlassen, die Wahrheit sagen. »Du bist vor der Tat zu mir gekommen. Oder hast du die Tat inzwischen begangen?« Objekt. Tat. Mein Gott, denkt der Geistliche, wie du darüber sprichst, um es nur ja nicht anschauen zu müssen.

Lucas Hernández hat ähnliche Gedanken. Er versteht die Weigerung des Priesters, das Kind beim Namen zu nennen, und zugleich befremdet sie ihn auf allzu vertraute Weise.

»Ich weiß nicht, was ich darauf sagen soll, Padre«, antwortet er ratlos. »Wird nicht zuerst die Begierde schwanger und bringt dann die Sünde zur Welt?«

Erneut ist der Priester überrascht. Der Sünder kennt seine Bibel.

»Gewiss«, sagt er. »Doch es heißt auch: Hütet euch vor der Unzucht! Jede andere Sünde, die der Mensch tut, bleibt außerhalb des Leibes. Wer aber Unzucht treibt, versündigt sich gegen den eigenen Leib.«

Der Sünder lacht bitter auf.

»Dann ist es zu spät, Padre«, sagt er, »denn ich habe mich an meinem Leib versündigt.«

»Bitte den Herrn um Vergebung, mein Sohn!«, fleht der Padre ihn an. Er ist froh, dass der Sünder endlich einmal etwas Fassbares geäußert hat. Endlich eine konkrete Sünde, auf die er reagieren kann. »Du hast gesündigt«, fährt er fort, »und du hast gebeichtet. Jetzt geh in dich und bete.«

»Was denn, Padre?«, fragt der andere mit düsterer, hoffnungsloser Stimme. »So und so viele Bußgebete und so und so viele Vaterunser?«

»Warum nicht, mein Sohn? Alles hängt davon ab, ob du an die Kraft des Gebets glaubst oder nicht. Wenn dein Gebet vom Zweifel zerfressen ist, dann bete nicht und beichte nicht. Die Sünde bringt den Tod. Gott kann dich nur retten, wenn du felsenfest daran glaubst, dass er dir deine Sünden vergeben wird!«

Er hält inne. Endlich ist es eine richtige Beichte, denkt er erleichtert und ein wenig stolz. Er lauscht nach nebenan. Stille, der Sünder gibt keinen Laut von sich. Was wohl in ihm vorgeht?, fragt sich der Padre, und hofft inständig, dass seine Worte den anderen erreicht haben.

Plötzlich sagt die Stimme kaum hörbar:

»Wer kann sagen: Ich habe mein Herz geläutert, rein bin ich von meiner Sünde? Wer kann das, Padre? Können Sie es?«

»Was meinst du, mein Sohn?«, fragt der Padre verwirrt. Woher ist das nun schon wieder gekommen? Gerade hatte er ihn doch so weit. Bitte geh nach Hause und bete deine Bußgebete und deine Vaterunser und komm erst wieder, wenn du was Schlimmeres getan hast!, denkt er halb bittend, halb verärgert. Was erlaubt sich dieser Sünder, dass er ihm solche Fragen stellt? Noch dazu mit einer Stelle aus dem Alten Testament! Weiß er denn nicht, dass die Juden keine Erlösung fanden, weil sie nicht an Jesus glauben konnten? Ist er am Ende selbst ein Jude und sündigt, indem er beichtet? Dann ruft er sich zur Räson. Lass dich nicht von deinen Gefühlen beherrschen, sagt er sich. Sie führen geradewegs ins Verderben. Er schließt die Augen. Wenn dich Sünder locken, dann folg ihnen nicht, denkt er mehrere Male mit Nachdruck und versucht, sich zu beruhigen. Anschließend sagt er so sanft wie möglich: »Jesus Christus ist in die Welt gekommen, um die Sünder zu retten, mein Sohn. Wenn du daran glauben kannst, findest auch du Erlösung.«

Stille.

Dann die leise Stimme des anderen:

»Danke, Padre. Ich werde beten.«

Der Geistliche hört die kleine Tür, im nächsten Moment hat der andere den Beichtstuhl verlassen, seine Schritte entfernen sich rasch.

Der Padre lehnt sich erschöpft zurück. Es ist ihm gelungen, den Sünder zu bezwingen. Er weiß nicht, ob es Eitelkeit, Stolz oder sogar Hochmut ist, was sich in ihm regt, jetzt, da er diesen Schlagabtausch für sich entschieden hat. Doch wenn es hilft, das Schlimmste zu verhindern, so soll es ihm recht sein.

Er hat keine Zeit, sich auszuruhen, denn schon öffnet sich die Tür erneut und jemand betritt den Beichtstuhl.

8

Lucas hat sofort angefangen zu beten. Noch als er den Beichtstuhl verließ, tat er es betend. Er betritt keine andere Kirche und kniet vor keinem Altar, und doch betet er unablässig, während er die Metro-Station ansteuert, um ins Zentrum zu fahren. Betend sitzt er im Zug, betend geht er durch die steilen Straßen von Lavapiés mit ihren verfallenden Häusern und ihren Einwanderern aus arabischen und afrikanischen Ländern.

»Mach, dass ich ablasse von diesem Unterfangen, mach, dass ich fortgehen kann von hier, bevor es zu spät ist. Mach, dass ich geheilt werde von diesem Wahnsinn. Mach, dass ich einen Weg finde, um zu Marina und Ana María zurückzukehren. Hör auf, mich in Versuchung zu führen! Warum tust du das? Ich habe nichts Böses getan, wofür rächst du dich an mir? Willst du, dass ich in der Hölle lande? Lass nicht zu, dass der Teufel den Sieg über mich davonträgt! Ich flehe dich an, errette mich aus dieser Misere!«

Endlos betet Lucas, und ebenso oft, wie er Gott anfleht, spürt er, dass das Gebet nicht aus seinem Innersten heraus gesprochen ist, dass er vielmehr betet, um dorthin zu gelangen, in sein Innerstes, als ob er nicht Gott, sondern sich selbst anflehen würde. Ist sein Herz wirklich so verstockt, dass er keinen Zugang mehr zu ihm findet? Und bedeutet das nicht, dass er auch Gott nicht erreichen kann, weil Gott im Herzen wohnt? War es jemals anders seit damals? War nicht alles eine Prüfung, alles, was bisher überhaupt geschehen ist? Wer sagt denn, dass nur Erwachsene von Gott geprüft werden? Und er, wie hat er reagiert auf diese schwere Prüfung? Er hat sein Herz verschlossen, dass niemand mehr es erreicht, seine Frau nicht, seine Tochter nicht, er selbst nicht und nicht einmal Gott.

»Erschaffe mir, Gott, ein reines Herz, und gib mir einen neuen, beständigen Geist!«, betet er halblaut und blickt unwillkürlich in den Abendhimmel, während er die kleine Plaza de Lavapiés erreicht, die den Talsockel und das Zentrum des Viertels bildet.

Er weiß, dass er verzweifelt ist, aber er spürt es kaum. Er setzt sich auf eine der mit Graffitis beschmierten Bänke und betrachtet einige Jugendliche, die schräg gegenüber miteinander reden und Joints rauchen.

Plötzlich erklingt eine sonore Stimme neben ihm:

»Hey, Mann, willst du was? Elf Euro das Gramm, beste Ware, direkt aus Marokko.«

Die Stimme hat einen deutlichen afrikanischen Akzent. Lucas blickt auf. Neben ihm steht ein Mann, der so dunkelhäutig ist, dass seine Augen hell wie Lichter leuchten. Er trägt einen schwarz- und goldgemusterten Kaftan. Sein kurzgeschorenes Haar ist von einer weißen Gebetsmütze bedeckt, er lächelt freundlich und berechnend, wobei er schneeweiße Zähne zeigt. Sein Stoppelbart ist leicht angegraut.

»Du willst mir Drogen verkaufen?«, fragt Lucas den Mann. »Weißt du nicht, dass es Sünde ist, andere in Versuchung zu führen?« Er sagt es ruhig, fast gelassen, als spulte er gelerntes Wissen ab. Wenn er nur diese Betäubung durchbrechen könnte!

Der andere blickt belustigt auf ihn herab.

»Natürlich will ich dich in Versuchung führen! Das ist mein Geschäftsmodell!« Er grinst, als wäre er der Teufel selbst. Doch er ist nicht der Teufel, denn er bemerkt Lucas' Verfassung und wird ernst. »Darf ich mich zu dir setzen?«, fragt er höflich, als hätte er eine Schublade geschlossen und eine andere geöffnet – eine mit besseren Manieren.

Lucas macht eine vage Geste, die der andere als Einladung nimmt.

»Mein Name ist Akachukwu«, verkündet er gut gelaunt und streckt Lucas seine Rechte hin. Er setzt sich viel zu nah an ihn heran in diesen Zeiten, in denen sie leben, aber Lucas hat keine Lust, sich zu beschweren. Er hat auf nichts Lust. Teilnahmslos greift er nach Akachukwus Hand. »Das heißt: die Hand Gottes«, fügt der Dealer hinzu und grinst. Lucas schaut ihn an, als hätte er nicht richtig gehört. Gibt es Zufälle in Gottes Plan oder gibt es sie nicht?, fragt er sich flüchtig, während er Akachukwu anstarrt.

»Stimmt etwas nicht?«, fragt dieser verwirrt.

»Gib mir zwei Gramm«, erwidert Lucas und zieht sein Portemonnaie aus der Hosentasche. Akachukwu betrachtet ihn argwöhnisch.

»Bist du ein Bulle? Wenn du ein Bulle bist – ich habe nur Stoff für den Eigenbedarf, mehr nicht.«

»Quatsch, ich bin kein Bulle«, erwidert Lucas unwirsch. Als er sieht, dass sich der andere unsicher nach allen Seiten umschaut, seufzt er und sagt: »Dein Name, dein Name hat mich umgestimmt.«

»Was?«, fragt Akachukwu ungläubig, »Du meinst, das mit der Hand Gottes?« Er starrt Lucas nun seinerseits an. Dann bricht er in Gelächter aus. »Du bist ein richtiger Christ, nicht wahr? Ich meine, einer von denen, für die es überall Zeichen gibt, oder?« Er hat seine guten Manieren wieder weggesperrt und die hervorgezogen, die er für seine Kunden reserviert hält. Als Lucas nicht antwortet, zuckt er mit den Schultern und zieht einen kleinen Beutel unter seinem Kaftan hervor. »Hier, zwei Gramm. Macht 22 Euro.« Seine

Gesten sind jetzt unauffällig, während er die Umgebung taxiert. Er wirkt gehetzt, bestimmt kennt die Polizei diesen Umschlagplatz und schaut öfter vorbei, denkt Lucas und überreicht ihm das Geld.

Als der Deal abgeschlossen ist, rechnet Lucas damit, dass Akachukwu sich erhebt und geht, um den nächsten Kunden ausfindig zu machen. Stattdessen lehnt der Afrikaner sich bequem zurück, spreizt die Beine ein wenig und legt die Hände auf die Oberschenkel.

»Was für ein schöner Abend, nicht wahr?«, sagt er. »Nicht, dass die Luft hier besonders gut wäre.« Er lacht. Dann blickt er Lucas neugierig an. »Du bist wirklich ein Christ, nicht wahr?«

Lucas nickt.

»Ich auch«, sagt Akachukwu gut gelaunt.

»Warum trägst du dann diese Kleidung?«

»Ach«, sagt Akachukwu und macht eine wegwerfende Handbewegung, »das trage ich nur, weil die meisten meiner Kunden Araber sind. Je vertrauter, desto besser fürs Geschäft.« Er grinst zufrieden. Dann wird er ernst. »Aber um auf deine Frage zurückzukommen: Damit es eine Versuchung ist, muss es sich um etwas Schlechtes handeln, nicht wahr?« Als Lucas bestätigend nickt, lächelt Akachukwu zufrieden. »In meiner Kultur ist Gras nichts Schlechtes. Es gehört einfach dazu. Und wenn die Europäer nicht solche Heuchler wären, würden sie einsehen, dass es hier nicht anders ist.«

»Und du meinst, alles Kulturelle ist automatisch gut?«, fragt Lucas zurück. Das Gespräch interessiert ihn noch immer nicht.

Akachukwu blickt ihn überrascht von der Seite an.

»Das ist ein interessanter Punkt, wirklich interessant! Vielleicht denke ich einmal darüber nach. Spontan würde ich sagen: Ja, natürlich! Denn das Kulturelle ist doch das, worauf sich alle geeinigt haben, oder? Und wenn sich alle einig sind, dass Bier eine tolle Sache ist, dann ist es gut, sich am Wochenende zu besaufen.« Er lacht.

»Und wie ist es mit Gott?«, fragt Lucas. »Ist Gott auch eine Frage der Einigkeit?«

Akachukwu schaut ihn mit großen Augen an.

»Dafür, dass du ein Christ bist, stellst du ganz schön heikle Fragen.« Dann grinst er breit und zeigt mit beiden Zeigefingern auf ihn. »Ah! Aber es ist eine Fangfrage, habe ich recht?«

Lucas schaut ihm direkt in die Augen. Akachukwu erwidert seinen Blick und nickt langsam.

»O.k., wenn es keine Fangfrage ist, dann sage ich dir, was ich wirklich denke. Aber sei nicht beleidigt, denn ich bin kein echter Christ. Ich bin nur deshalb Christ, weil wir Igbo fast alle Christen sind. Und wäre ich als Muslim geboren worden, wäre ich vermutlich auch kein echter Muslim!« Er schaut sich gewohnheitsmäßig um, um zu prüfen, ob Kundschaft oder Polizei in der Nähe ist.

»Also glaubst du, dass Gott eine Frage der Einigkeit ist«, sagt Lucas ungerührt. Ist das die eigentliche Versuchung?, fragt er sich plötzlich. Ist das die Prüfung, um die es geht? Der Abfall vom Glauben? Der Glaube als demokratische Mehrheitsentscheidung? Gibt es eine Mehrheit für Gott in seinem Herzen oder nicht?

»Ja. Ist doch auch logisch, findest du nicht?«, sagt Akachuwku leichthin.

Da ist sie wieder, die Logik, denkt Lucas grimmig. Nicht das Gras war die Versuchung, sondern dieses Gespräch. Akachukwu ist entweder ein Opportunist oder ein Atheist oder beides. In jedem Fall hat er sich verirrt.

»Was sagt denn dein Herz?«, fragt er.

»Mein Herz?«, wiederholt Akachukwu überrascht. Er wendet den Blick nach vorn und starrt eine Weile ins Nichts. Als Lucas schon glaubt, der andere werde die Frage nicht beantworten, sagt Akachukwu leise: »Mein Herz sagt … tausend Dinge. Mein Herz sagt, dass es zurückkehren möchte nach Nigeria, dass es seine Mutter wiedersehen möchte, seine Geschwister, seine Verwandtschaft. Mein Herz sagt, dass es hier niemals glücklich sein kann.« Er blickt Lucas an. »Das sagt mein Herz.« Er hat Tränen in den Augen.

»Und warum gehst du nicht zurück?«, fragt Lucas, überrascht von den Gefühlen des anderen. Akachukwu schüttelt heftig den Kopf.

»Ich kann nicht. Ich habe die Frau eines Nachbarclans geschwängert, ohne Hochzeit und ohne Mitgift. Das ist eine Entehrung für beide Familien. Damit es keine Fehde gab, musste ich fortgehen. Das verstehst du vermutlich nicht. Ich müsste reich werden, um den Schaden wiedergutzumachen.«

Lucas schweigt betroffen. So unterschiedlich sind ihre Schicksale gar nicht, denkt er. Sie sind beide in dieser Stadt gestrandet, um etwas Unmögliches zu erreichen und vielleicht zurückkehren zu können.

9

Am Montag sitzt der Padre pünktlich um 17:00 Uhr in seinem Beichtstuhl. Er ist guter Dinge, vor allem, weil heute um 18:30 Uhr der Knabenchor auf ihn wartet. Wenn es nach ihm ginge, würden die Kinder jeden Abend zu ihm kommen. Wenn er mit ihnen zusammen Musik macht, empfindet er fast so etwas wie Glückseligkeit. Vor allem, wenn Armando singt. Niemand im Chor hat eine solche Stimme. Niemand hat einen solchen Ausdruck. Die anderen Knaben sind Knaben, aber Armando ist mehr als das. Wenn Armando singt, hört der Padre die Engel singen, wenn Armando den Herrn lobpreist, kommen dem Padre die Tränen. Hätte der Junge doch nur nicht diese seltsame Ausstrahlung, die ihn nervös und manchmal auch ein wenig wütend macht. Armando wirkt wie jemand, der vollkommen in seiner eigenen Welt lebt und nichts und niemand anderen braucht. Manchmal fragt der Padre sich, ob es Hochmut ist.

Als er schleppende Schritte hört, die sich vom Eingang her nähern, weiß er sofort, um wen es sich handelt. Begoño Jiménez Rodríguez ist gekommen, um seine Sünden zu beichten. Der Padre kennt Begoños Frau, Laura Bastida, eine schmale, zerbrechlich wirkende Person. Um die dreißig, freundlich. Sicher war sie einmal hübsch, bevor sie und Begoño sich gemeinsam in die Hölle ihrer Ehe begaben.

Der Sünder öffnet die Tür des Beichtstuhls und zwängt seinen breiten Körper umständlich hinein. Anschließend lässt er sich so abrupt auf die kleine Holzbank fallen, dass der gesamte Beichtstuhl erzittert.

»Padre«, beginnt Begoño mit verstellter Stimme. »segnet mich, denn ich habe gesündigt.«

Der Padre schüttelt den Kopf über Begoños Feigheit und erwidert:

»Ich höre, mein Sohn.«

»Ich habe mich gegen meine Frau versündigt, Padre«, sagt Begoño mit dieser eigenartigen Stimme, die klingt, als käme sie direkt aus der Unterwelt.

Wie groß muss dein schlechtes Gewissen sein, dass du so wenig zu deinen Taten stehen kannst, denkt der Padre und beschließt, es Begoño heute nicht leicht zu machen.

»Erzähl mir, was du getan hast«, fordert er den anderen auf.

»Ich ... mir ist die Hand ausgerutscht, Padre«, sagt Begoño leise und voller Reue.

Das Verwirrende an seinen Prüglern ist, dass alle wirklich von ihrem Gewissen geplagt werden, sich aber überhaupt nicht unter Kontrolle haben. Es ist deshalb verwirrend, weil es dem Priester so vertraut ist. Manchmal hat er das Gefühl, dass die Sünde selbst gar nicht das Entscheidende ist, sondern dieser innere Kampf, den sie verursacht.

»Ist sie dir nur einmal ausgerutscht, mein Sohn?«, fragt er den Sünder und lässt ihn seine Zweifel deutlich hören.

»Nein, Padre.« Begoño wird immer leiser, er hört sich an, als würde sein massiger Leib im nächsten Moment im Boden versinken.

»Erzähl mir genau, was du getan hast, mein Sohn. Alles.«

Stille.

Der Sünder schnauft und schnäuzt sich.

»Ich war wütend, weil sie unten mit dem Nachbarn geplaudert hat«, erzählt er mit angespannter Stimme. »Das hätte sie nicht tun dürfen. Sie weiß doch, dass ich eifersüchtig bin.« Er schnauft erneut, als ließe die Erinnerung ihn schon wieder wütend werden. »Als sie hochkam, stellte ich sie zur Rede, aber sie behauptete, sie hätten sich nur über ein Paella-Gericht unterhalten. Über ein Paella-Gericht! Padre, ist das glaubwürdig?«

»Warum sollte das nicht glaubwürdig sein, mein Sohn?«

»Meine Frau macht nie Paella, Padre! Wozu braucht sie ein Rezept? Sie braucht kein Rezept. Sie hat mir einen Bären aufgebunden!« Er schnauft gewaltig. Der Padre sagt nichts. »Ich weiß, ich hätte sie nicht schlagen dürfen, Padre«, fährt Begoño schwer atmend fort.

»Bereust du deine Tat von ganzem Herzen, mein Sohn?«, fragt der Padre.

»Ja, Padre, das tue ich.«

»Und warum rechtfertigst du sie dann?«

»Wie bitte?«

Der Padre verdreht die Augen. Er hat Begoño in der Vergangenheit immer gut zugeredet. Genützt hat es nie etwas.

»Du glaubst, du kannst einfach jedes Mal, nachdem du deine Frau krankenhausreif geprügelt hast, hierherkommen und dir Gottes Vergebung abholen? Aber in der Bibel steht geschrieben: Verlass dich nicht auf die Vergebung, füge nicht Sünde an Sünde, indem du sagst: Seine Barmherzigkeit ist groß, er wird mir viele Sünden verzeihen. Wenn du nicht aufhörst, deine Frau zu schlagen, wird dir die Absolution nichts nützen, Begoño Jiménez Rodríguez. Dann kommst du trotzdem in die Hölle und wirst dort bis in alle Ewigkeit schmoren!« Der Padre ist immer lauter geworden. Jetzt hält er inne und ist über sich selbst erstaunt. Er hat nicht nur Begoños lächerliche Scharade entlarvt, indem er ihn beim Namen genannt hat, sondern er ist im Begriff, ihm die Absolution zu verweigern. Woher kommt dieses gerechte Feuer, das plötzlich in ihm lodert?

Begoño sagt keinen Laut. Plötzlich hört der Padre, dass er weint.

»Was soll ich denn tun, Padre?«, schluchzt er, ohne die Stimme zu verstellen. »Wenn sie mich verlässt, bringe ich mich um.«

Doch der Padre kennt kein Erbarmen. »Und du glaubst, sie wird bei dir bleiben, wenn du sie vor lauter Angst verprügelst? Ich sage dir, was geschehen wird: Sie wird dich verlassen, weil du sie verprügelst. Oder du wirst sie eines Tages so schlimm zurichten, dass sie sich nicht mehr davon erholt. Und dann bist du so oder so verloren.« Der Padre fühlt den Zorn der Gerechten in sich. Er ist so erfüllt davon, dass er sich über die Stärke wundert, die in ihm wohnt.

Begoño schluchzt eine Weile vor sich hin.

Der Padre wartet. Er verachtet den anderen nicht für sein Selbstmitleid – er ist bereit, ihn im Namen Gottes zu richten, so sehr ist er von seiner Mission überzeugt, vielleicht heute mehr denn je in seinem Leben. Und hat er nicht das heilige Recht, wütend zu sein, wenn ein Geschöpf Gottes dem anderen so viel Leid zufügt, ohne von seinem sündhaften Tun abzulassen? Ist es nicht seine Aufgabe, das Übel ein für alle Male auszumerzen, indem er ein Machtwort spricht?

»Padre?«, meldet sich die leise, vollkommen besiegte Stimme von Begoño erneut. »Werden Sie mir diesmal nicht die Absolution erteilen?«

»Doch, mein Sohn«, sagt der Padre entschlossen. »Aber es genügt nicht, ein paar Bußgebete und Vaterunser aufzusagen. So kann selbst dein Gebet noch zur Sünde werden. Du wirst von heute an deine Frau nie wieder gewaltsam berühren, hast du mich verstanden, Begoño?«

»Ja«, kommt die leise Stimme des Sünders.

»Gut«, sagt der Padre. Dann spricht er sein Ego Te Absolvo im Namen des Vaters, des Sohnes und des Heiligen Geistes und entlässt den anderen aus der Beichte.

Wer kann sagen: Ich habe mein Herz geläutert, rein bin ich von meiner Sünde? Plötzlich, wie aus dem Nichts, ist dieser Satz im Gedächtnis des Geistlichen aufgetaucht. Wer hat ihn geäußert? Richtig, der Sünder. Ein Zitat aus den Sprüchen Salomons. Warum hat er diesen Vers geäußert? Er weiß es nicht mehr. Aber jetzt ist er da und geht nicht weg und wirkt wie ein gewaltiges Wort Gottes, das auf ihn herabgefallen ist mit der Wucht eines Schwertes. Der Padre spürt, wie seine Selbstgewissheit vom Zweifel hinweggefegt wird. War sein gerechter Zorn am Ende nichts als Hochmut, die schlimmste aller Todsünden?

Im selben Augenblick hört er schnelle, regelmäßige Schritte vom Eingang her. Der Sünder ist gekommen. Wie leise und geschmeidig er den Beichtstuhl betritt und sich niederlässt! Ganz anders als der plumpe, grobe Begoño. Unwillkürlich richtet der Priester sich auf. Das Zitat aus den Sprüchen Salomons erscheint ihm mit einem Mal wie ein Wink Gottes: Bereite dich vor! Sei wachsam!

»Seid Ihr da, Padre?«, fragt die leise, gehetzte Stimme.

»Ich bin hier, mein Sohn«, erwidert der Padre möglichst ruhig.

»Ich weiß nicht, ob ich gesündigt habe, Padre«, sagt die Stimme.

»Wie meinst du das?«, fragt der Padre überrascht.

»Gestern habe ich Marihuana gekauft und geraucht.«

»Warum hast du das getan?«

»Ich ... ich wollte mich selbst spüren. Ich hatte das Gefühl, mein eigenes Herz nicht mehr zu erreichen, taub und tot zu sein, während ich lebe und atme. Deshalb, Padre.«

»Und hat es dir geholfen?«

»Ich bin mir nicht sicher. Ich habe ... große Angst empfunden.« Die Stimme spricht leiser als gewöhnlich, als wäre der Sünder geschwächt. Vielleicht von der Droge, vielleicht aber auch durch ihr letztes Gespräch.

»Angst wovor?«, fragt der Padre. Er fühlt sich in der Schwebe, weder ist er frei von Sünde, noch ist er sündhaft. Solange er in diesem Zustand bleibt, kann er dem anderen zuhören, ohne ins Schlingern zu geraten, hofft er.

»Dass ich keine Vergebung vor Gott finden werde.«

»Hast du denn ... eine Sünde des Leibes begangen, mein Sohn?«

Stille.

Der Padre lauscht. Irgendwie ist der Sünder heute anders, der Padre kann nicht entscheiden, in welcher Weise, doch er spürt es förmlich durch die dünne Trennwand hindurch. Liegt es nur am Betäubungsmittel?

»Padre«, sagt die Stimme, und es hört sich an wie ein leiser Hilferuf.

»Ja, mein Sohn?«, antwortet der Padre sofort. Er will ganz für den Sünder da sein, nichts mehr zurückhalten. Er fühlt sich in der Lage, ihm zu helfen. Er hat es bereits bewiesen, er wird es erneut tun können.

»Ich habe heute Nachhilfe gegeben. Ich bin direkt von dort zu Ihnen gekommen.«

Lucas hat die Augen geschlossen. Er lässt die Ereignisse, von denen er berichten wird, vor seinem inneren Auge ablaufen. Es gibt kein Zurück mehr, sagt er sich erneut, er ist längst zu weit gegangen, jetzt muss er die ganze Wegstrecke zurücklegen.

»Ich hatte Angst, ihn wiederzusehen, Padre«, beginnt er. »Gestern, als ich den Joint geraucht hatte, empfand ich einen so großen Ekel vor mir selbst, Padre. Ich sah mein Gesicht im Spiegel und mich würgte, wenn ich daran dachte, dass dieses Gesicht einen so unschuldigen Körper begehrt. Dieses bärtige Männergesicht und dieser behaarte, riechende Männerkörper. Dieses Männergeschlecht, das sich beim bloßen Gedanken an die Nähe zu ihm in unkeuscher Weise regt. Sogar jetzt, Padre! Ich kann nicht über ihn sprechen, ohne dass dieses verfluchte Männergeschlecht reagiert! Am liebsten würde ich es abschneiden, Padre, einfach abschneiden, damit endlich Ruhe ist!«

Der Padre hört betroffen zu. Er will die Bilder nicht sehen, die der Sünder mit seinen Worten heraufbeschwört, sondern mit reinem Herzen zuhören.

»Ist heute etwas geschehen?«, fragt er, bemüht, seine Sorge nicht durchklingen zu lassen. Er hört leises Atmen auf der anderen Seite der Trennwand.

»Ich habe versucht, distanzierter zu sein, nicht mehr so dicht neben ihm zu sitzen, mich nicht mehr so intensiv mit ihm zu unterhalten.« Der Sünder hält kurz inne. »Wenn ich sein Gesicht anschaue, Padre ... er ist schön wie ein Engel, sein Blick ist so klar und rein, dass ich ihm nie lange standhalten kann. Und gleichzeitig ist es, als sähe ich nicht nur ihn, sondern auch mich selbst und meine ganze Verdorbenheit und alles, was ich verloren habe.«

Er macht eine Pause, und in dieser Pause erinnert sich der Padre an sein eigenes Leben, an seine eigenen Sünden, an Dinge, die er ungeschehen machen würde, wenn er könnte. An Menschen, denen er Schaden zugefügt hat, ohne es sich eingestehen zu wollen. Jesus musste nicht sündig werden, um Erlösung zu finden, aber er ist nicht Jesus, er musste sich versündigen, um zu wissen, wovon die Menschen, die zu ihm kommen, sprechen, er musste dieselben leidvollen Kämpfe wie seine Sünder durchstehen, um erahnen zu können, was in den armen Seelen vor sich geht, wenn sie zu ihm kommen, weil ihr Gewissen sie hierhertreibt, das Gewissen, dieses gnadenlose Wunderwerk Gottes.

»Ich habe es versucht, Padre. Aber ich glaube, er … er spürt etwas«, sagt die Stimme langsam, fast tastend.

»Was glaubst du, dass er spürt?«, fragt der Padre.

»Ich habe jetzt keinen Zweifel mehr, dass es Armando ist, der diese Nähe sucht«, erläutert die Stimme.

Stille.

Der Padre lauscht dem Satz nach. »Armando?«, fragt er langsam.

»Ja«, sagt die Stimme, »so heißt er, Armando Ayala.«

Der Padre sieht Armando vor sich. Armando, der den Mund öffnet und singt, dass nicht einmal Gott weghören kann. Armando, der nur lächelt, wenn er singt. Armando, der so unnahbar wirkt, dass es an Hochmut grenzt.

Der Padre dreht den Kopf zum Sprechgitter und fühlt, dass es in Zeitlupe geschieht, als wären sie nicht mehr an der Luft, sondern unter Wasser. Und doch ist alles ganz klar, klar und leer und ohne jedes Gefühl. Armando.

»Padre?« Die fragende Stimme von nebenan. Der Sünder. Der Priester nickt unendlich langsam mit dem Kopf und sagt:

»Ich bin da, mein Sohn«, und seine Stimme klingt, als gehöre sie nicht ihm selbst. So ruhig, so gelassen. Sie ist ihm fast unheimlich, diese Stimme, die aus seinem eigenen Mund gekommen ist. Armando.

»Armando kennt seinen Vater nicht«, sagt die Stimme des Sünders. »Vielleicht sieht er eine Art Vaterfigur in mir, das wäre verständlich. Immerhin habe ich ihm sehr geholfen. Aber …« Der andere bricht ab und schweigt, als kämpfe er mit sich selbst.

Der Padre sucht den Sünder durch das Sprechgitter. Doch es ist zu engmaschig, er sieht nur winzige Flecken von Haut und Stoff, deren Färbung er nicht einmal erkennen kann. Er spürt das rasende Bedürfnis, das Gesicht des anderen zu sehen, dieses Inkognito zu zerstören, wie er es bei Begoño getan hat. Doch er hat nicht einmal einen Namen! Er hat gar nichts. Er könnte aufstehen und die Tür des Beichtstuhls öffnen, um dem anderen in die Augen zu schauen, sein Gesicht zu sehen, ihm einen anderen Spiegel zu zeigen, einen zornigen Spiegel. Doch das darf er nicht. Er würde das zerstören, was ihn durchs Leben führt, er würde seinen Glauben verraten, er würde sich selbst verraten. Er könnte Armandos Mutter nach dem Nachhilfelehrer ihres Sohnes fragen, er könnte Erkundungen einholen. Doch darf er das? Traut er sich das?

Er zwingt sich, ruhig zu bleiben. Er will fort von hier, er will nicht hören, was der Sünder zu sagen hat, und will zugleich alles hören.

Eine Weile sitzen sie einfach nur nebeneinander, zwei Unbekannte, denkt der Padre, zwei Menschen, die sich vielleicht nie von Angesicht zu Angesicht begegnen werden. Er ist fast dankbar für die Stille, er versucht sich zu sammeln, seine nächsten Schritte zu überdenken. Doch alles, was er vor seinem inneren Auge sieht, ist Armando, der den Mund öffnet, um zu singen.

»Padre«, sagt die Stimme plötzlich leise, gepresst. »Padre, ich habe es gesehen.«

»Was hast du gesehen, mein Sohn?«, fragt der Padre desorientiert. Wovon spricht der andere? Hat er Visionen? Ist er womöglich verrückt? Ein Perverser, der ein grausames Spiel mit ihm treibt?

»Er … er …«, beginnt die Stimme stockend.

Im nächsten Moment hört der Padre, wie der Sünder aufspringt und den Beichtstuhl fluchtartig verlässt.

Nur mit Mühe kann er sich daran hindern, selbst aufzuspringen und ihm zu folgen. Er weiß nicht, was er ihm antäte. Bilder der

Gewalt spulen sich vor seinem inneren Auge ab. Er sieht sich den anderen am Kragen packen, ihn schütteln, ihn gegen die Kirchenmauern pressen. Er sieht sich dem anderen ins Gesicht schlagen, immer wieder ins Gesicht schlagen, wie Begoño seiner Frau ins Gesicht schlägt, bis sie grün und blau ist. Er kneift die Augen zusammen und presst die Lippen aufeinander, um die Bilder zu unterdrücken. Er hört die Schritte des anderen, die sich rasch entfernen. Er hört, wie das Kirchenportal aufgezogen wird, er sieht vor seinem inneren Auge, wie der Sünder hinaustritt in die Abendsonne, er hört wie das Portal mit einem dumpfen Knallen wieder zufällt. Er hört, wie es wieder still wird in der Kirche, so still, als wäre nichts geschehen.

Er lehnt sich erschöpft zurück. Was hat der Sünder gesehen? Der Padre sieht Armandos schlanke Gestalt vor sich, er sieht Armandos engelsgleiches Gesicht vor sich, er hört Armandos himmlische Stimme in seinem Ohr.

10

Lucas Hernández rennt die zweihundert Meter bis zur Metro-Station, er rennt so schnell, als könnte er vor sich selbst wegrennen. Als er an Pinar del Rey ankommt, ist er völlig außer Atem. Er beugt sich nach vorn, stützt die Hände auf den Oberschenkeln ab und tut nichts, außer Luft zu holen. Allmählich beruhigt sich sein Körper wieder, die Atmung wird flacher, entspannter. Dann richtet er sich auf, zieht seine Gesichtsmaske aus der Hosentasche, stülpt sie sich über und geht die Treppe hinunter.

Er zittert von innen her, als gäbe es in seinem Körper eine Kältequelle. Eine Zeitlang denkt er gar nichts. Er fühlt das Zittern, er sieht die vielen Leute, die ihm entgegenkommen, um in ihre kleinen Wohnungen zurückzukehren, er schaut in lauter Augenpaare, deren Ausdruck kaum zu erahnen ist, weil der Rest des Gesichts fehlt, sie könnten sich gegenseitig alles sagen und würden sich nicht wiedererkennen, oder sie würden sich in Zukunft nur mit Maske wiedererkennen, wie eigenartig, denkt er, man nimmt etwas fort aus dem Gesicht, und schon brauchen wir diese Unvollständigkeit, um einander zu erkennen.

Er will nicht über das nachdenken, was soeben geschehen ist. Vielleicht, weil es nichts zu denken gibt. Er hat den Weg der Sünde betreten, jetzt geht er auf diesem Weg, und er weiß, er kann Gott erst um Vergebung bitten, wenn alles vollbracht ist. Denn noch ist seine Sünde unvollständig, noch ist es keine Sünde des Geistes *und* des Leibes, noch hängt alles am seidenen Faden des Unausgesprochenen, des Ungetanen.

Er denkt an Armando und spürt erneut Mitleid. Doch es ist ein Mitleid wie für jemanden, der in eine Naturkatastrophe geraten ist. Das Leben erscheint ihm wie ein Schachspiel. Man wird irgendwohin gestellt und irgendwer führt einen hierhin und dorthin, man glaubt, man gehe selbst, doch das ist nur eine Illusion. Immer hat irgendwer einem etwas in den Kopf, ins Herz, in den Körper gepflanzt, und sobald man es vergessen hat, beginnt es, seine Wirkung zu entfalten.

Heute hat er einen der alten Metro-Züge erwischt. Er rappelt und rattert so laut, dass Lucas meint, er fahre viel schneller als gewöhnlich. Auch nur eine Illusion. Er beobachtet die Menschen, die von Station zu Station mehr werden. Er sieht Frauen mit eingezogener Brust, Männer mit eingezogenem Steißbein, Kinder mit Übergewicht, alte Leute mit gebeugten Rücken, und er hat den Eindruck, dass jeder mit seiner Körperhaltung schon alles über sich aussagt. Er hat den Eindruck, sie alle seien in Wirklichkeit nackt, nackt und ohne Versteck vor der Wahrheit. Aber auch das ist nur eine Illusion. Er spürt das Loch im Magen, das Loch, das in die Vergangenheit führt, das Loch, das es ihm schwermacht, sich aufrechtzuhalten. Das Loch, das ebenso in die Zukunft führt. Und ist auch das nur eine Illusion? Er wünschte, es wäre so, er weiß, dass es vermutlich so ist, ganz bestimmt sogar. Doch er kann es nicht fühlen.

Er fährt wieder nach Sol und spaziert Richtung Lavapiés. Als er an einem Restaurant vorbeikommt, beschließt er, etwas zu essen. Er ist jetzt mitten in der Sünde, es gibt keine Umkehr, es gibt nichts zu sagen, niemand wird gerettet werden. Mein ist die Rache, ich werde vergelten, spricht der Herr, denkt Lucas. Der Herr wird

Vergeltung an ihm üben für das, was er tut, und er fühlt nichts. Wo ist das Leiden der letzten Tage?, fragt er sich, als er am Tisch sitzt und ein Menü auswählt. Wo ist der Schmerz, die Verzweiflung? Vom Stein erdrückt, der auf seinem Herzen liegt? Er friert von innen, von der Seele her, er sieht den Weg in die Verdammnis vor sich und kann doch nicht aufschreien vor Furcht, kann doch nicht umkehren. Triebtäter, denkt er mit aller Klarheit, perverser Triebtäter. Du wirst keine Gnade finden vor Gott, denkt er. Doch nichts erreicht ihn, nicht die schlimmste Drohung, nicht das böseste Schimpfwort kann ihn treffen, denn er ist gar nicht da, ihn gibt es nicht, er ist nur eine Persona, eine Maske, eine Rolle, die gespielt werden muss, er hat kein Selbst.

Er bestellt ein Gericht und schaut zu, wie die Kellnerin, eine üppige junge Frau, sich wieder entfernt, er sieht ihre Hüften, ihr Gesäß, ihre Bewegungen. Er weiß, dass er sie schön findet, doch er fühlt es nicht. Der einzige Mensch, der noch einen Zipfel von seiner Seele berührt, ist Armando, dessen Unschuld zerstört werden wird, weil er, Lucas Hernández, nicht anders kann. Armando, der sein ganzes Leben noch vor sich hat, dieses Leben, das nie wieder so sein wird wie zuvor, wenn erst geschehen ist, was geschehen muss. Lucas sieht eine endlose Kette des Leidens vor sich, eines Leidens, dass sich durch die Zeitalter fortpflanzt und niemals versiegt, niemals seine Kraft verliert, weil es die Menschen sind, die es mit ihrem Lebenswillen befeuern. Und Armando ist nur ein kleiner Junge, der in dieses große Räderwerk des Leidens geraten wird, ohne zu wissen, warum.

Endlich eine Träne.

11

Nachdem der Sünder die Kirche verlassen hat, tritt der Padre aus dem Beichtstuhl und eilt zum Altar. Die kleine Kirche ist leer, deshalb achtet er nicht auf die Etikette, die für geistliche Würdenträger vorgesehen ist, er kann jetzt nicht würdig schreiten. Er wirft sich vor dem Altar nieder, faltet die Hände und schaut flehend zu Jesus Christus auf, der am Kreuz über ihm bis hoch ins Gewölbe ragt.

»Herr«, sagt er laut und mit zitternder Stimme. »Ich bekenne, dass ich vielfach gesündigt habe in Gedanken, Worten, Werken und Unterlassungen! Durch meine Schuld! Durch meine Schuld! Durch meine große Schuld!« Er schlägt sich mit der Faust auf die Brust und sagt leise: »Mea culpa, mea culpa, mea maxima culpa.« Immer wieder schlägt er sich, immer wieder sagt er diese Worte. Sein Blick ist starr auf den Gekreuzigten gerichtet, er ballt auch die zweite Hand zur Faust und schlägt zu so hart er kann. Er will den Schmerz fühlen, er will dem Herrn zeigen, dass er bereut, zutiefst bereut. Wer kann sagen: Ich bin frei von Sünde? Niemand! Nur Gott! Und er, wer ist er, wenn er so voll der Sünde ist? Was tut er an diesem heiligen Ort? Er entweiht alles, was er berührt! Er entweiht Gottes Haus, er entweiht die Sakramente, er entweiht die Menschen, die er liebt!

Bald brennt seine Brust vor Schmerzen, doch er schlägt erbarmungslos weiter auf sich ein. Sein Mea Culpa ist inzwischen so laut geworden, dass es die Kirche erfüllt. Er schlägt, weil dieser sündige Körper geläutert werden muss. Er schlägt, weil dieser sündige Geist befreit werden muss. Er schlägt, weil er es verdient hat, geschlagen zu werden. Er schlägt, weil er nicht anders kann.

»Padre?«

Eine Kinderstimme. Der Priester fährt herum. Schräg hinter ihm steht Armando wie eine Erscheinung und schaut ihn mit großen, fragenden Augen an. Er hält eine Plastiktüte vor der Brust, als wollte er sich stellvertretend für den Padre an eben dieser Stelle vor den Schlägen schützen, die er gesehen hat.

»Armando?«, stößt der Padre hervor. »Was tust du hier?« Ausgerechnet du?, denkt er, ausgerechnet jetzt!

Der Junge sieht ihn verständnislos an.

»Wir haben doch jetzt Chor, Padre.«

»Oh«, entfährt es dem Padre. Er schaut auf die Uhr. Halb sieben. »Natürlich, natürlich, mein Junge. Komm, setz dich zu mir, wir warten gemeinsam auf die anderen.« Er erhebt sich mühsam, seine Brust schmerzt so stark, dass er flach atmen muss, um sie möglichst wenig zu bewegen.

Er setzt sich in die erste Bankreihe und klopft mit der Hand neben sich auf das Holz der Sitzfläche. Der Junge nähert sich zögernd, aber gehorsam. Die Tüte hält er immer noch vor der Brust.

»Was hast du denn Wertvolles in diesem Beutel?«, fragt der Padre freundlich. Er spürt, dass der Junge verstört ist von dem, was er gesehen hat.

Armando setzt sich langsam und lässt eine Lücke zwischen sich und dem Priester. Wir sitzen immer sehr dicht nebeneinander, hallt es durch den Kopf des Padre … Dass Armando derjenige ist, der die Nähe sucht, hört er die Stimme des Sünders in seinem Kopf. Aber jetzt sitzt der Junge mindestens fünfzig Zentimeter entfernt. Mir sollte er vertrauen, denkt der Padre, nicht diesem verdorbenen, vom Begehren zerfressenen Sünder! Er wird dich nur ins Verderben reißen!

Dann nimmt er sich zusammen. Keine schwarzen Gedanken mehr in Gegenwart des Jungen!

»Die Noten für das neue Stück, Padre«, sagt der Junge schüchtern und zieht ein Blatt Papier heraus.

»Ah, ja, richtig!«, ruft der Padre aus. Das Stück von Cesáreo Gabarain, *Pescador de Hombres*, *Menschenfischer*. »Ein schönes Stück«, sagt er, »Gefällt es dir?«

Der Junge nickt, ohne ihn anzusehen.

Es entsteht eine Pause zwischen ihnen. Der Padre sieht den Jungen von der Seite an, der dasitzt und nach vorn schaut, während seine Füße unruhig auf dem Steinboden herumreiben.

»Wie läuft es denn in der Schule, mein Junge?«, sagt der Padre jovial wie ein väterlicher Freund.

»Gut«, antwortet Armando einsilbig, ohne den Kopf zu heben.

»Auch in Mathe?«

Der Junge schaut ihn an und strahlt plötzlich über das ganze Gesicht, und der Padre hat einen Moment lang das Gefühl, dass es heller wird in der Kirche.

»Ich habe eine Zwei bekommen. Gerade heute!«

»Das ist ... toll, Armando«, sagt der Padre immer noch ganz eingenommen vom Lächeln des Jungen. Armando lächelt selten, wenn er nicht singt, sicher hat er es nicht leicht mit der alleinerziehenden Mutter, die hart wie Holz wirkt. Und sicher hat er viele Neider, so schön, wie er ist, und so außergewöhnlich, wie seine Aura auf die Menschen wirkt. Aber wenn er lächelt, ist es wirklich, als ginge die Sonne auf.

»Dann hast du also deine ... Probleme in den Griff bekommen?«, wagt der Padre sich vor, doch in diesem Augenblick treffen andere Kinder zur Chorstunde ein und Armando springt auf, um sie zu begrüßen.

12

Nach dem Essen begibt sich Lucas zur Plaza de Lavapiés. Er setzt sich auf die gleiche Bank wie am Tag zuvor. Heute sind keine Jugendlichen da, ein kleines Elektrofahrzeug der Stadtwerke säubert die Straße von Hundekot, eine alte Frau, die mit zwei schweren Einkaufstüten beladen ist, geht sehr langsam an ihm vorbei. Die Sonne ist bereits untergegangen, alles ist in Dämmerlicht getaucht, die Straßenlaternen leuchten schwach, bald werden sie vollständig zum Leben erwachen.

Lucas wartet auf Akachukwu. Und denkt jetzt doch über sein Gespräch mit dem Padre nach. Über die Dinge, die er gesagt hat. Über die Reaktionen des anderen.

Er und der Geistliche erscheinen ihm wie zwei Seiten einer Wahrheit. Sie gehören zusammen, obwohl sie getrennt sind. Vielleicht sind sie sogar dieselbe Person. Was für ein verrückter Gedanke!, denkt Lucas erschrocken.

Er erinnert sich an einen Science-Fiction-Film, den er vor vielen Jahren gesehen hat. Ein Mann sprengt den Körper eines anderen, indem er in ihn hineinschlüpft. Aber der zerstörte Mann hört nicht auf zu leben. Stattdessen kann er sich nirgends mehr einfügen, und jeden, den er berührt, steckt er mit sich selbst an. Nach und nach werden alle Menschen zu diesem Mann und sehen auch aus wie er. Doch in jedem einzelnen ist noch ein Rest der früheren Identität vorhanden, bis der erste Mann kommt, um sie alle auf einen Schlag zu befreien, indem auch er sich anstecken lässt und zu diesem Mann wird, damit er ihn erneut von innen heraus sprengen kann, ihn und alle anderen. Im Film war einer der beiden Männer ein Mensch, der andere ein Computerprogramm. Wir sind beide Menschen, denkt Lucas. Und doch ist es wie im Film.

»Hast du schon alles aufgeraucht?«, ertönt Akachukwus Bassstimme plötzlich neben ihm. Lucas schaut auf. Der Nigerianer trägt heute einen weißen Kaftan und eine dunkelgrüne Gebetsmütze. Er kommt um die Bank herum und setzt sich neben ihn.

»Schleichst du dich immer an deine Kunden an?«, fragt Lucas zurück. Akachukwu lacht.

»Du bist ein scharfer Beobachter!« Dann erklärt er ihm seine Psychologie des Dealens. »Wenn sie dich nicht kommen sehen, bist du wie eine Erscheinung ihrer innersten Wünsche, verstehst du? Sie sind zwar erschrocken, aber sie sind erschrocken, wie man über einen Gedanken erschrocken ist, den man selbst gehabt hat. Vielleicht sagen sie Nein zur mir, aber meistens sind sie eher fasziniert, weil das Mittel zum Zweck wie aus dem Nichts neben ihnen aufgetaucht ist. Wenn sie dich kommen sehen, haben sie Zeit, an alle ihre Vorurteile zu denken, bevor du auch nur den Mund aufgemacht hast: Afrikaner, Illegaler, Flüchtling, Ganove, Vergewaltiger. Ha! Aber wenn du einfach auftauchst, bist du wie ein magischer König!« Er lacht.

»Verstehe«, sagt Lucas, dem Akachukwus Ausführungen vertraut vorkommen.

»Aber dich betrachte ich nicht mehr als Kunden«, sagt er und grinst freundlich. »Dich will ich nur überraschen.« Er lacht gutmütig.

»Gehört das auch zu deiner Dealer-Psychologie? Wie binde ich den Kunden länger an mich? Indem ich sein Freund werde?«

Akachukwu zeigt mit beiden Zeigefingern auf Lucas und lacht laut.

»Du bist ein schlauer Fuchs!«, ruft er aus.

Um die dreieckige Plaza läuft eine schmale Straße, die für Autos zugänglich ist. Plötzlich erscheint eine Polizeistreife von Süden her auf der Calle de Valencia und nähert sich rasch. Akachukwu hat sie sofort gesehen. Angespannt bleibt er sitzen und schaut geradeaus. Lucas begreift erst, was geschieht, als zwei Polizisten neben der Bank auftauchen.

»Guten Abend«, sagt einer der beiden, ein großer, breitschultriger Mann mit kurzgeschorenem Haar. Er wirkt jung und strahlt vor allem Stärke aus. Er wendet sich an Lucas. »Hat er Ihnen etwas verkauft?«

»Nein«, sagt Lucas wahrheitsgemäß. »Wir haben uns nur unterhalten.«

»So, so«, meldet sich der andere, ein kleiner, drahtiger Mann in Lucas' Alter. »Die glauben, wir sind dumm«, sagt er zu seinem Kollegen. »Glaubst du, wir sind dumm?«, fragt er Lucas.

»Ich weiß nicht, ob Sie dumm sind«, erwidert Lucas, »aber im Moment sind Sie auf der falschen Fährte.«

»Das werden wir ja sehen«, sagt der Große. »Papiere!«

Lucas zieht seinen Ausweis aus der Innentasche seiner Jacke. Die beiden Polizisten betrachten ihn eingehend.

Akachukwu hat sich die ganze Zeit über nicht gerührt. Er sitzt da und wirkt völlig unbeteiligt.

»Wie lange beabsichtigen Sie zu bleiben?«, fragt der Große. Sein Ton hat sich gewandelt, er wirkt nicht mehr so gewaltbereit.

»Drei oder vier Wochen«, antwortet Lucas.

»Woher kennen Sie diesen Mann?«, fragt der Drahtige, der ihn nicht mehr duzt.

»Von hier«, sagt Lucas.

»Das ist alles?«

»Das ist alles.«

Die beiden Polizisten wechseln einen Blick, der ihre Unzufriedenheit mit dem Verlauf dieses Gesprächs offenbart. Dann geben sie Lucas seinen Ausweis zurück, setzen sich in ihr Auto und fahren weiter.

Als sie fort sind, entspannt sich Akachukwu. Dann runzelt er die Stirn und betrachtet Lucas, als sähe er ihn zum ersten Mal.

»Was steht in deinem Ausweis, dass sie uns in Ruhe gelassen haben?«, fragt er fast argwöhnisch.

»Nichts Besonderes. Sie haben wohl gespürt, dass ich die Wahrheit sage.«

»Die Wahrheit?« Akachukwu verzieht das Gesicht. »Mir kannst du nichts vormachen. Ich kenne die Psychologie der Straße.« Er tippt sich mit beiden Daumen gegen die Brust. »Ich bin promovierter Straßenpsychologe! Doktor Str. Psych.!«

Lucas lächelt unfreiwillig.

»Wenn dann Doktor Str. Phil.«

»Ist ja auch egal. Du weißt, was ich meine. Und jetzt sag mir, warum du hier bist!«

»Um mich mit dir zu unterhalten«, erwidert Lucas und schaut Akachukwu in die Augen. Der grummelt etwas in sich hinein.

»Du bist gewieft«, sagt er schließlich widerwillig. »Aber ich krieg dich noch, wart's ab!«

»Du spielst zu viel Räuber und Gendarm, Akachukwu. Wenn du es wirklich wissen willst: Ich gehe täglich zur Beichte. Das ist im Moment meine Hauptbeschäftigung. Alles andere ist Nebensache.«

Akachukwu macht große Augen.

»Hast du so schlimm gesündigt?«

Lucas zuckt mit den Achseln.

»Das kann ich noch nicht sagen.«

Akachukwu lacht auf. »Du bist ein komischer Vogel! Man geht zur Beichte, weil man weiß, was man angestellt hat. Und du? Du gehst hin, weil du es gerade nicht weißt!« Er schlägt sich mit der Hand auf den Oberschenkel und lacht.

Lucas betrachtet Akachukwu gedankenverloren.

»Bist du schon mal zur Beichte gegangen, Akachukwu?«

»Ich? Nein, ich bin zwar getauft, weil wir Igbo von den Engländern zu Christen gemacht wurden, aber in Wahrheit glaube ich an Chukwu, den höchsten Gott meiner Religion.« Er sitzt aufrecht da und hat seine Rechte auf die Brust gelegt, und mit einem Mal fällt alles Banale von ihm ab.

Lucas sieht Stolz und Hoheit und zugleich Demut und Hingabe, und er wünschte, dass auch er so empfinden könnte.

»Und wenn du sündigst? Was tust du dann?«, fragt er. Akachukwu zuckt mit den Schultern.

»Ich habe gesündigt. Ich habe die Bräuche nicht geachtet und Ala, die Mutter der Erde, beleidigt. Deshalb musste ich fortgehen. Keine Beichte. Nur Konsequenzen.« Er macht eine wegwerfende Handbewegung. »Ihr Christen schlagt euch ständig mit eurem schlechten Gewissen herum. Dabei müsstet ihr euch nur eingestehen, dass ihr etwas falsch gemacht habt und die Folgen akzeptieren.« Er schlägt ein Bein über das andere und legt die Arme der Länge nach auf der Rücklehne der Bank ab.

»Und dann?«, fragt Lucas.

»Das war's!«, ruft Akachukwu. »Vorbei! Schon passiert! Kann man nichts mehr tun! Ich werde hierbleiben, bis ich sterbe, aber ich weiß, dass es meiner Familie in Nigeria den Frieden sichert. So bin ich immer mit ihnen verbunden. Auch wenn es schwer ist. Und du«, er blickt Lucas direkt in die Augen, »du solltest dahin zurückgehen, wo man auf dich wartet.« Er nickt ihm zu. »Ich bin vielleicht nur ein Straßenpsychologe, aber du gehörst nicht hierher. Du läufst herum wie ein verirrter Elefant, auch wenn du schicke Kleidung trägst und schickes Spanisch sprichst.«

Lucas starrt Akachukwu überrascht an. Dann nickt er langsam.

»Vielleicht hast du recht.«

13

Nach der Chorprobe werden die meisten Jungen von ihren Müttern abgeholt. Ein Vater ist heute auch dabei. Sie stehen im hinteren Teil der Kirche, nahe dem Eingang, bis die Kinder zu ihnen kommen. Die meisten rennen die kurze Strecke, und der Padre bringt es nicht übers Herz, sie darauf hinzuweisen, dass man das in einer Kirche nicht tut.

Armando braucht nicht zu rennen, seine Mutter ist auch heute nicht gekommen. Sie arbeitet spät, deshalb ist der Junge tagsüber auf sich allein gestellt.

Der Padre weiß das alles und es ist ihm immer so erschienen, als gehöre das einsame Leben des Jungen notwendig zu seiner Außergewöhnlichkeit. Er passt den Moment ab, als die anderen Jungen schon bei ihren Eltern sind, winkt noch zum Abschied, lächelt in die Gesichter, die ihm einen schönen Abend wünschen, und wendet sich dann dem Knaben zu.

»Armando«, sagt er leise genug, um am anderen Ende nicht verstanden zu werden, und laut genug, um nicht schon wieder seltsam auf den Jungen zu wirken.

Armando schaut ihn an, er trägt seinen Beutel in der Hand und will gerade gehen.

»Ja, Padre?«.

»Was du heute gesehen hast, als du herkamst, das ist … nichts Ungewöhnliches. Manchmal machen gläubige Menschen das, wenn sie Gott ganz nahe sein wollen, verstehst du?«

Der Junge nickt.

»Auf Wiedersehen, Padre.«

»Auf Wiedersehen, Armando.«

Der Padre schaut ihm nach, er hat nicht erkennen können, ob der Junge seinen Worten Glauben geschenkt hat. Diese Unnahbarkeit. Vertraut er ihm denn gar nicht? Es wäre so schön, wenn Armando sich ihm öffnen könnte. Er erschrickt. Wäre es das?

Er wendet sich um und steht erneut allein vor dem Gekreuzigten. Er hat das Gefühl, eine Tür in seinem Inneren habe sich geöffnet, eine Tür, die lange Zeit verschlossen war, eine Tür, die niemals wieder hätte aufgehen dürfen. Doch nun fühlt er es ganz deutlich: Sein Körper ist ein anderer, sein Herz schlägt anders, sein Kopf denkt andere Gedanken und sieht andere Bilder. Er fühlt sich wie jemand, der nach vielen Jahren der Mühen feststellen muss, dass er keinen Millimeter vorangekommen ist, wie jemand, der nicht weiß, dass die Erde rund ist und sich wundert, dass er nach einem langen Marsch voller neuer Eindrücke doch wieder da ankommt, wo er losgelaufen ist. Aber die Erde ist rund, und jetzt steht er hier vor Gottes Sohn und spürt, wie ihn das Böse von innen her überflutet. Irgendwo in ihm muss es ein Tor zur Hölle geben, und allein die Buße, der Glaube und das Gebet konnten es bislang verschlossen halten. Doch seit der Sünder aufgetaucht ist, zerfällt alles, und schon hört er wieder dessen Worte, schon sieht er die Bilder, die der Sünder heraufbeschworen hat, schon fühlt er, dass die Sünde über ihn hereinbricht wie eine Sintflut, und er steht mitten in der Kirche, die seine Arche sein sollte, und ertrinkt.

Er sinkt auf die Knie und will beten, doch er hat das Gefühl, ihm werde wie Hiob das Gebet zur Sünde. Und Hiob war unschuldig! Hiob war standhaft, Hiob war unerschütterlich in seinem Glauben, in seiner Tugend. Er schließt fest die Augen und versucht sich zu erinnern, dass dies eine Prüfung Gottes ist, dass er diese Prüfung bestehen muss, dass er es kann. Doch es bewirkt nichts, die Energie in seinem Leib und seinem Geist hat eine neue Form angenommen, eine neue Form, die in Wahrheit alt ist, als hätte ihn jemand von rechts auf links gestülpt wie ein Kleidungsstück, und nun ist er wieder der, der er im Innern immer gewesen ist. Welch eine Niederlage!

Nicht einmal weinen kann er. Denn die Dinge, die durch die Tür strömen, sind stärker als jede Trauer. Armando, wie er den Mund öffnet, um zu singen. Armando, der ganz dicht neben dem Sünder sitzt. Der Sünder, dessen Geschlecht sich regt, wenn er nur von dem Knaben spricht. Armando.

14

Der Wecker läutet um halb sechs in der Früh. Der Padre hat schlecht geschlafen und kann sich nur mit Mühe aus dem Bett zwingen. Er geht ins Badezimmer, entkleidet sich und meidet den Blick in den Spiegel, der über dem Waschbecken hängt. Er duscht, ohne Erfrischung zu empfinden. Er zieht frische Wäsche an, ohne sich sauber zu fühlen. Er geht in die Küche und macht sich einen Kaffee. Er trinkt das heiße Getränk, während seine Gedanken um Worte kreisen, die der Papst geäußert hat:

»Der Priester betet Jesus Christus an, der Priester spricht mit Jesus Christus, der Priester sucht Jesus Christus und er lässt sich von Jesus Christus finden. Dies ist der Mittelpunkt unseres Lebens. Wenn das nicht da ist, dann verlieren wir alles. Was sollen wir den Menschen noch geben?«

Der Padre muss die erste Messe vorbereiten, aber er ist abgeschnitten von Jesus Christus. Er fühlt seine Gegenwart nicht mehr, weil er nicht mehr derjenige ist, der er gestern noch zu sein meinte. Er denkt an den Sünder und Hass steigt in ihm auf. Er hasst diesen gesichtslosen Mann, er hasst das, was er ihm angetan hat, er bringt keinen Funken Barmherzigkeit für ihn auf, und er hasst sich selbst dafür, dass er ihn hasst.

Als er das Pfarrhaus verlässt, um in die Kirche zu gehen, versucht er, sich zu ermahnen: Er darf nicht schwach sein! Er muss kämpfen!

Er muss sich gegen das Ungeheuer wehren! Er muss es herausreißen aus seiner Seele! Er muss!

Doch so sehr er sich auch anherrscht, so sehr er versucht, sich anzufeuern, damit er sich aufrafft und kämpft, wie der Heilige Antonius kämpfte, so wenig vermag er zu erreichen. In seinem Inneren ist nichts als Schwäche und jener Sog, der ihn langsam und unaufhaltsam dorthin reißt, wo kein Heil ist. Woher kommt die Stimme, die immer noch weiterkämpfen will, wenn er, Roque de Guzmán, schon aufgegeben hat? Warum gibt es diese Stimme überhaupt noch, wenn er sich bereits geschlagen gegeben hat?

Er betritt die Kirche wie jemand, der kein Recht dazu hat, und beginnt mit seinen Vorbereitungen für die Messe wie jemand, der die Handgriffe eines anderen imitiert. In der winzigen Sakristei streift er sich das Messgewand über wie jemand, der sich verkleidet. Er betritt den Altarraum und bereitet die sakralen Gefäße vor wie jemand, der bloß so tut, als handle es sich nicht um Geschirr. Er fällt alle Urteile über sich selbst und glaubt fest daran, dass Gott ihn verachtet, weil er nicht einmal in der Lage ist, seinen Rückfall in die Sünde zu bereuen. Er fühlt sich wie vor vielen Jahrzehnten, als er dieses Theaterstück Tag für Tag aufführte, ohne sich darüber im Klaren zu sein, was er tat. Jetzt weiß er es, und das ekelt ihn an, er ekelt sich selbst an.

Als er alles vorbereitet hat, schaut er zu, wie die alten Leute nacheinander hereinkommen und ihre Stammplätze auf den Bänken einnehmen. Ein kleines Grüppchen einsamer Rentner, nicht mehr als zehn oder elf, manche bleiben in den hinteren Bänken sitzen, die meisten wollen vorne sein, bei ihm, weil sie nicht mehr so gut hören und sehen. Gläubige Menschen, die viel gelitten haben, die alte Señora Barros mit ihrem verstorbenen Mann, der sie wie ein Schatten überallhin begleitet, die noch ältere Señorita Villena, die nie geheiratet hat und die so hermetisch ist, dass der Padre sich oft gefragt hat, was wohl in ihr vorgeht. Mehr Frauen als Männer, aber da ist Carlos Piñero, der mindestens Ende achtzig ist. Er kommt jeden Morgen und wirkt so ausgeglichen, so in sich ruhend, dass der Padre sich wie Espenlaub im Wind fühlt, während er ihn betrachtet. Wie soll er die wahrhaftige Gegenwart Christi zelebrieren, er, der Sünder, der Frevler, der Heuchler? Er, der er dasteht und immer noch so tut, als wäre er ein Priester, obwohl er in Wahrheit eine Abscheulichkeit ist, ein Monstrum, das aussieht wie der Padre Roque de Guzmán, dessen ganzes Begehren aber in tiefste Dunkelheit führt, fort vom Licht Gottes!

Er steht da und hat all diese Gedanken und weiß zugleich, dass er tun muss, was er seit vier Jahren an diesem Ort tut. Ein trotziger, verzweifelter Entschluss reift in ihm: Wenn er schon nicht die Gegenwart des Heilands empfinden kann, so muss er den treuesten Seelen seiner Gemeinde die Möglichkeit bieten, im Angesicht von Gottes Sohn zu beten. Wenn er schon ein Heuchler ist, so muss er so gut heucheln, dass sie den Unterschied nicht bemerken. Er wird diese Messe ausschließlich für sie halten, eine Hülle seiner selbst, aber tauglich, solange ihnen damit geholfen ist. Wenn er schon in die Hölle kommt, will er seine Tage auf Erden damit verbringen, diesen Menschen zu dienen.

15

Lucas Hernández erwacht aus jener bleiernen Bewusstlosigkeit, die ihn stets überwältigt, nachdem er die Zeit bis zum Morgengrauen in einem unruhigen Halbschlaf verbracht hat. Im Laufe der Jahre hat er sich an diesen Zustand gewöhnt. Früher machte es ihn verrückt, nicht schlafen zu können, und er versuchte alles, um in einen Zustand totaler Erschöpfung zu geraten. Er las stundenlang, ging durch die Straßen seiner Heimatstadt spazieren, trieb verschiedene Sportarten, betrank sich, nahm Schlaftabletten. Nichts half auf Dauer, der Sport fachte den Wirbel der Gedanken nur noch mehr an, der Alkohol und die Tabletten waren zu ungesund, und wenn er las, vergaß er die Zeit und schlief am Ende gar nicht. Erst als er resignierte und sich darauf beschränkte, in der Dunkelheit zu liegen, um wenigstens seinem Körper Rast zu gönnen, wurde es ein wenig besser.

Jetzt liegt er im schmalen Bett seines kleinen, möblierten Appartements und starrt die Decke an. Ein weiterer Tag in dieser Stadt, die ihm immer fremd bleiben wird. Bei dem Gedanken an den Padre, den er am Nachmittag wieder aufsuchen wird, überkommt ihn ein Gefühl der Schwäche, das seinen ganzen Körper erfasst. Am liebsten würde er einfach liegenbleiben, am liebsten wäre er gar nicht hier, sondern woanders. Aber wo? Hat er überhaupt einen Ort, an den er zurückkehren kann? Oder war alles eine Illusion, ein

Produkt der Willenskraft, ein Wunschgebilde, das sich in Luft aufgelöst hat? Die Familie, das traute Heim, eine normale Existenz, ein Leben, das nicht immerzu am Abgrund der Unmöglichkeit steht? Sind das Kindheitsträume, die er niemals verwirklichen kann? Und sollte er das vielleicht einfach akzeptieren, so, wie er seine Schlaflosigkeit akzeptiert hat, um irgendwie mit ihr leben zu können?

Plötzlich hat er Armandos zarte, zerbrechliche Gestalt vor Augen, sein hübsches, unschuldiges Gesicht, seine sanften Augen, die voller Zukunft sind, voller Möglichkeiten, voller Aussichten auf ein gelingendes Leben. Ein gelingendes Leben, das möglicherweise nie beginnen wird, ein gelingendes Leben, das ebenso gut ein vertanes werden kann, vor allem jetzt, da er, Lucas Hernández, sich in die Welt dieses Knaben geschlichen hat. Armando, sein perfektes Opfer.

Er erhebt sich, tritt ans Fenster und blickt hinaus in die trostlose Wirklichkeit von Hortaleza mit seinen lieblos errichteten Gebäuden, die wirken, als dienten sie einzig dem Zweck, auf keinen Fall Harmonie entstehen zu lassen.

16

Der Padre sitzt im Beichtstuhl. Es ist 17:00 Uhr. Er hat den Tag mit seinem Vorsatz vom Morgen überstanden, er hat eine Taufe durchgeführt, er ist nach Canillas gefahren, wo er eine Beerdigung leiten musste, er ist zurückgekommen und hat erneut die Messe abgehalten, er ist zu Fuß in die Nachbarschaft gegangen, zur Familie Parrilla, um eine letzte Ölung vorzunehmen. Anschließend hat er in einer Tapasbar zu Mittag gegessen und im Pfarrhaus eine kleine Siesta gehalten. Und bei allem, was er erledigt hat, hat er von sich selbst und seinem Zustand trotzig, beinahe wütend abgesehen.

Als er sich etwas später hinsetzte, um in der Bibel zu lesen, schlug er das Buch wahllos auf und las:

»Habet nicht lieb die Welt noch was in der Welt ist! Wenn jemand die Welt liebhat, ist die Liebe zum Vater nicht in ihm. Denn alles, was in der Welt ist, die Lust des Fleisches und die Lust der Augen und die Prahlerei in der Lebensweise, stammt nicht vom Vater, sondern es stammt von der Welt. Und die Welt vergeht und ihre Lust. Wer aber den Willen Gottes tut, bleibt in Ewigkeit.«

Er musste die Lektüre unterbrechen, weil jedes Wort wie ein Nadelstich in ihn gefahren war. Er schloss die Augen und spürte sein Leiden und trauerte um sich selbst wie um einen Toten. Er zwang sich weiterzulesen und las:

»Wer die Sünde tut, stammt vom Teufel, denn der Teufel sündigt von Anfang an.«

Er las:

»Wenn jemand sagt: Ich liebe Gott, und doch seinen Bruder hasst, ist er ein Lügner. «

Er las:

»... wer aber das Böse tut, hat Gott nicht gesehen.«

Jetzt sitzt er im Zwielicht des Beichtstuhls und hört noch immer diese Worte wie Donnerschläge in seinem Inneren und wartet auf das Erscheinen des Sünders, als wäre dieser sein Henker. Er fürchtet den Sünder und weiß zugleich, dass er so weitermachen muss wie bisher, weil sonst auf einen Schlag alles verloren ist. Er ist dazu verdammt, dem Sünder die Beichte abzunehmen, Gottes Gericht hat bereits begonnen, dies ist die Hölle und er wird mit seinem eigenen Leben bestraft, mit seiner heiligen Berufung, mit Gottes Dienst.

Er zuckt zusammen, als er die schnellen, regelmäßigen Schritte auf dem Steinboden hört. Er beginnt zu schwitzen und löst die Halsbinde, um den obersten Knopf der Soutane öffnen zu können. Die Schritte kommen näher, der Padre spürt, dass er zittert und versucht, seinen Körper zu entspannen. Er hat keine Ahnung, welche Haltung er einnehmen kann, um das bevorstehende Gespräch würdevoll zu überstehen. Er spürt, wie Panik von ihm Besitz ergreift, er spürt, dass er nichts hören will, gar nichts. Er will am liebsten aus dem Beichtstuhl fliehen, aus der Kirche, aus dieser Stadt, aus diesem Land.

Doch die Schritte sind jetzt am Beichtstuhl angekommen, die kleine hölzerne Tür wird aufgezogen, der Sünder betritt den engen Raum und setzt sich, während die Tür leise zuschlägt.

Der Padre sitzt wie gelähmt da.

»Padre«, sagt die leise, gehetzte Stimme, und erneut zuckt der Priester zusammen.

»Ja, mein Sohn«, antwortet er und hört sich selbst den Geistlichen spielen, hört die Heuchelei in seiner eigenen Stimme und kann nichts dagegen tun.

»Padre, ich habe gesündigt«, sagt die Stimme gepresst.

Der Padre hält den Atem an.

»Was hast du mir zu sagen?«, bringt er mühsam hervor.

»Ich habe die Mutter davon überzeugt, dass Armando mehr Unterricht benötigt, ich habe ihr angeboten, weniger Geld zu nehmen, damit es ihr möglich ist, ihrem Sohn zu helfen. Padre!«

Der Padre erschrickt, weil der Sünder ihn so laut angerufen hat. Laut und gequält.

»Ja, mein Sohn?«, sagt er fast atemlos und fühlt sich an einem seidenen Faden hängen, sieht sich dem Sturm der Gefühle ausgesetzt, die von nebenan zu ihm wehen.

Der Sünder schweigt, der Padre hört ihn auf der hölzernen Bank hin und her rutschen, er weiß, was das bedeutet: dass es noch schlimmer wird. Und plötzlich hat er eine Vision, er sieht sich und den Sünder gemeinsam in der Hölle schmoren, und die Hölle ist ein Beichtstuhl, und der Beichtstuhl steht in dieser Kirche, und die Kirche ist das Reich Gottes, in das sie nie gelangen werden. Wie benommen beugt er sich vor und stützt den Kopf mit beiden Händen ab. Er und der Sünder! Seite an Seite!

Dann horcht der Padre auf. Der Sünder scheint zu weinen. Er befürchtet das Schlimmste.

»Padre«, kommt die schluchzende Stimme, »es ist so stark, das Verlangen, so stark. Ich … ich bin verliebt, sündig verliebt, Padre. Was soll ich nur tun?«

»Du ... hast der Mutter das nur erzählt, um ihn öfter sehen zu können?«

»Ja!«, ruft die Stimme wehklagend. »Und das Schlimmste ist, dass sie nicht da sein wird. Ich werde mit ihm allein sein, Padre!«

»Geh!«, ruft der Padre außer sich. »Verlasse diese Stadt, geh weit fort, nimm deine Familie und zieh weg und bete, dass du nie wieder in Versuchung geführt wirst!«

Stille.

Der Padre ist außer Atem, seine Brust hebt und senkt sich, er erträgt die Enge des Beichtstuhls kaum noch, dieses ewige Dämmerlicht, diese unbequeme Bank, diesen muffigen Geruch nach altem Holz, er hat das Gefühl, gefangen zu sein, bei lebendigem Leib begraben.

Doch er kann sich nicht bewegen. Er muss sitzenbleiben und Priester dieser Kirche sein, weil er sonst niemand mehr ist, weil er sonst jemand ist, dessen Antlitz er nicht zu schauen wagt.

Der Sünder hat geschwiegen, jetzt regt er sich, immer noch schluchzend. Leise, fast flüsternd sagt er:

»Das ... kann ich nicht.« Und ein wenig lauter: »Ich will es nicht einmal, Padre. Ich will die Dinge tun, die ich tue. Und gleichzeitig sitze ich in meinem Körper wie in einem Gefängnis und beobachte ohnmächtig mein unheilvolles Treiben. Ich ... ich verstehe das nicht.« Der Sünder weint leise weiter, und der Priester sitzt wie vom Donner gerührt da und denkt nur, dass er genau versteht, was der andere meint.

»Luxuria«, sagt er leise, »Luxuria ist eine Königin und herrscht über die Welt.« Er sagt es mehr zu sich selbst als zum Sünder. Ihm fallen die Bibelstellen aus dem ersten Johannesbrief ein, die er am Nachmittag gelesen hat. Doch was nützen Bibelzitate, wenn Luxuria ihre Macht spielen lässt? Er weiß es selbst am besten. Er will noch immer, dass der andere ablässt von seinem Tun, doch er spürt deutlicher denn je, dass seine Absichten ebenso sündhaft sind wie die des anderen. Jetzt, da das Tor zur Hölle aufgestoßen ist. Jetzt, da Luxuria wieder auf ihrem Thron sitzt. Jetzt, da er das Bild des schönen Knaben nicht mehr aus seinem Geist vertreiben kann. Jetzt will er nur, dass der Sünder nicht als Erster an die verbotene Frucht gelangt. Plötzlich steigt Hitze in seinem Körper empor bis hoch in seinen Kopf und raubt ihm schier die Sinne. Benommen sitzt der Padre da und spürt das Erwachen seines Körpers, er spürt die Sünde in seinen Lenden und kann nichts dagegen tun, er will es nicht einmal. Jetzt sind sie nur mehr zwei Sünder, und der Beichtstuhl hat aufgehört, ein Beichtstuhl zu sein. Er ist nichts als ein Abort der Unzucht, in den zwei erregte Männer sich zurückgezogen haben, um einem Knaben zu huldigen, der nichts davon weiß. Oder doch? »Wie ... hat Armando reagiert?«, fragt der Padre den Sünder, der aufgehört hat zu weinen.

Matt, fast lethargisch antwortet dieser:

»Er hat sich natürlich gefreut. Ich ... ich glaube, er ...« Die Stimme bricht ab. Dann, ganz leise, gehetzt, fast getrieben: »Ich habe es gesehen, Padre, ich habe es gesehen!«

»Was hast du gesehen?«, fragt der Padre begierig zu hören, ängstlich zu hören.

»In seinen Augen, Padre. Ich glaube, er ... ich wage es kaum, die Worte auszusprechen.«

»Sag es!«, herrscht der Padre den anderen an. Er erträgt die Ungewissheit nicht mehr. Er muss es jetzt wissen.

»Ich glaube, er erwidert meine Gefühle, Padre. Ich glaube, er liebt mich auch, Padre. Heute ...«

»Was war heute?«, unterbricht ihn der Padre unwirsch. Sein Armando. Er kann nicht glauben, dass dieser unnahbare Knabe ...

»Wir ... wir ... haben uns ... geküsst, Padre.«

Stille.

Lucas lauscht, doch kein Laut ist zu hören. Er zittert am ganzen Leib, er schwitzt kalten Schweiß und friert trotzdem, er fühlt sich elend, er spürt, dass er nicht mehr lange bleiben kann. Er ist jetzt mitten in der Sünde. Wird er jemals Vergebung finden für das, was er getan hat? Wird Gott jemals Gnade walten lassen? Wie groß sind die Mächte, die uns tun lassen, was wir tun, oh, Herr! Wir sind nur Marionetten des Schicksals! Unbedeutend, flüchtig wie eine Flamme im Regen, gleich wird sie erlöschen, dann ist es, als wäre sie nie dagewesen. Doch für die Flamme ist es ein Drama.

Der Padre schweigt noch immer.

»Padre?«, fragt Lucas leise. »Sind Sie noch da?«

»Ja«, sagt der Priester tonlos. »Willst du jetzt die Absolution?«

Die Absolution?, denkt Lucas verwirrt. Die Absolution? Er will Nein sagen, er will Nein schreien. Er will so laut Nein schreien, dass die ganze Welt es hört. Wie kann er die Absolution erbitten, wenn die Sünde noch nicht vollständig ist? Wie kann er es wagen, Gott um Vergebung anzuflehen, wohl wissend, dass er nicht ablassen wird von der Sünde?

»Würden Sie mir die Absolution denn erteilen, Padre?«, fragt er.

»Deshalb bist du doch hier«, sagt die Stimme des Geistlichen monoton, ohne jede Anteilnahme. Lucas spürt, dass der Padre schockiert ist, er kann dessen widerstreitende Gefühle förmlich mit Händen greifen und empfindet Mitleid mit dem Kirchenmann. Verzeih mir, bittet er stumm, aber ich kann nicht anders.

Dann steht er auf und flüchtet aus dem Beichtstuhl, aus der Kirche, aus Hortaleza.

Der Padre sitzt im Beichtstuhl wie in einem Kerker und hört die Worte des Bischofs, der ihn damals von Sevilla nach Caracas versetzte:

»Du solltest nicht mehr mit Kindern arbeiten, Roque. Meide sie, dann wirst du in Zukunft keine Schwierigkeiten haben.«

Doch das konnte er nicht. Und jetzt sitzt er hier und weiß, dass der Bischof, sein Mentor, sein Beschützer, recht hatte, als er sagte, es sei nur den Reinsten der Reinen vorbehalten, das Herz vollständig von allen Wünschen und Sehnsüchten zu befreien. »Wir gewöhnlichen Menschen«, hatte er gesagt, »müssen einen großen Bogen um die Versuchungen machen, für die wir empfänglich sind, und das rate ich auch dir, Roque de Guzmán. Sonst wird eines Tages, wenn du gerade glaubst, alles unter Kontrolle zu haben, etwas geschehen, was dich wieder vom rechten Weg abkommen lässt.«

Wer hätte gedacht, dass ausgerechnet ein Nachhilfelehrer desjenigen Knaben, der von Anfang an einen besonderen Platz in seinem Herzen hatte, zu ihm in die Beichte kommt, um ihm seine Liebe zu eben diesem Knaben zu gestehen? Das kann kein Zufall sein, denkt der Padre. Das ist Gottes Werk.

Doch warum will der Herr ihn in Versuchung führen? Der Padre versteht es nicht. Warum soll er leiden, obwohl er doch frei von Sünde gewesen ist, seit er nach Hortaleza kam? Hat er nicht Buße getan? Hat er nicht bereut, ehrlich bereut? Hat er?

Der Padre sitzt da und weiß nicht mehr, ob er sich auf seine eigene Wahrnehmung verlassen kann.

Und plötzlich weiß er es. Plötzlich weiß er, dass er nie vollkommen abgelassen hat von der Sünde, denn hätte er ehrliche Reue empfunden, er wäre niemals mehr in die Nähe kleiner Jungen gegangen, er hätte den Rat des Bischofs befolgt, er hätte die Straßenseite gewechselt, wenn ihm ein kleiner Junge entgegengekommen wäre, er hätte nie wieder eine Gemeinde übernommen, sondern wäre ins

Kloster gegangen, nein, nicht einmal ins Kloster, zu viel Versuchung gibt es in Klöstern, er wäre in eine Einsiedelei gegangen und hätte dort den Rest seines Lebens verbracht, er hätte sich selbst weggesperrt, um sein Leben der Läuterung zu widmen und die Menschheit zu verschonen.

Doch er hat nichts dergleichen getan. Er hat einfach weitergemacht wie immer und gehofft, es werde kein nächstes Mal geben. Aber es gab ein nächstes Mal und ein weiteres und ein weiteres und das Ergebnis war immer dasselbe, und obwohl er hier, in Hortaleza, am längsten rein und ohne Sünde geblieben ist, war er doch nur ein Schläfer, der jetzt erwacht ist.

Er kann keine Tränen vergießen, er kann sein Unglück nur noch denken, die Gefühle sind erobert worden von jenem Roque de Guzmán, der immer nur das Gegenteil von all dem wollte, was der Padre Roque de Guzmán anstrebt. Aber Gut und Böse schließen einander aus, denkt er verzweifelt. Er hat das Böse gehasst und das Gute geliebt, wie es die Bibel verlangt. Und jetzt fragt er sich, ob der Hass nicht bloß eine pervertierte, neurotische Form der Liebe ist, und er also das Böse in Wahrheit stets geliebt hat. Und ist das Böse womöglich nicht auch eine pervertierte Form des Guten? Wie konnten die alten Griechen ihre Knabenliebe nicht als böse ansehen? Waren sie einfach nur ganz anders? Die Knabenliebe wird heute überall auf der Welt als böse angesehen. Was hat sich geändert seit damals? Sind wir zivilisierter? Er schüttelt unwillkürlich den Kopf. Nein, denkt er, wir sind nicht zivilisierter, wir führen tödlichere Kriege, die Pornografie setzt jährlich Milliarden um, überall gibt es Kindesmissbrauch und Gewalt gegen Frauen. Wir sind nicht zivilisierter. Und er denkt: Ich bin nur einer von vielen Männern, die so fühlen, einer von Millionen vielleicht. Und ich sitze hier in dieser Kirche und quäle mich deswegen. Andere folgen einfach ihrer Natur.

17

Wir haben uns geküsst.

Der Satz begleitet Lucas den ganzen Weg von Hortaleza bis Atocha. Wir haben uns geküsst. Nicht: Ich habe ihn geküsst, sondern: wir uns. Der Mann den zehnjährigen Jungen, der zehnjährige Junge den Mann. Die Illusion der Gegenseitigkeit, die Illusion der erwiderten Liebe. Die Illusion der möglichen Liebe. Er weiß das alles, er macht sich nichts vor. Und doch hat er es getan. Er spürt das Loch im Magen so stark wie noch nie, so leer wie noch nie. Schwäche, pure Schwäche fühlt er, eine Schwäche, die ihn seit seiner Kindheit begleitet und nur manchmal nicht da zu sein scheint.

In der Nähe von Atocha isst er in einem Restaurant und gibt sich wieder einmal der Vorstellung hin, er könne das Loch schließen, indem er seinen Magen füllt. Er weiß, dass er es nur betäuben kann, er weiß, dass das Wurmloch in die Vergangenheit immer da ist, wie ein Bauchnabel, an dem er hängt und der ihn mit allem versorgt, was er wissen muss: dass er kein Mann ist, dass er nur diesen Männerkörper spazieren führt wie ein kleiner Junge, der sich verkleidet hat, ein kleiner, verschreckter Junge, der versucht, nicht entlarvt zu werden.

Nach dem Essen macht er sich auf den Weg zum Museo Reina Sofia. Picasso, heute braucht er Picasso. Von allen Malern, die jemals das Herz des Menschen ausgelotet haben, ist Picasso am weitesten gegangen, denn er hat alles sichtbar gemacht, die ganze Zerrissenheit, die ganze Unförmigkeit, die ganze Scharfkantigkeit, die es im Inneren der Menschen gibt. Deshalb braucht er ihn heute. Er erinnert sich an den Augenblick, als er *Le Poète* in Venedig sah. Er hatte das Gefühl, in einen Spiegel zu schauen und keinen Menschen, sondern einen Zustand zu erblicken, einen chaotischen, düsteren, unvollendeten, undurchdringlichen Zustand. Picasso hatte den Dichter nach außen gestülpt wie einen Strumpf, doch ein Dichter ist kein Strumpf, ein Dichter ist ein Mensch, und ein Mensch ist eine Welt, eine Welt der Worte und Gefühle, eine Welt der Töne, eine verschlüsselte Welt, eine Welt, die in Rätseln spricht, um die Wahrheit durch alle Lügen hindurch zu retten, mit allen Lügen im Gepäck zu retten.

Der Weg von Atocha zum Museum führt über die große Plaza del Emperador Carlos V in eine schmale Straße zwischen alten Häusern, eine Fußgängerzone, und anschließend über eine breite Freitreppe hinauf zum Eingangsportal. Lucas steht am unteren Absatz der Treppe und schaut hinauf zu den gläsernen Aufzugtürmen, die vor die Fassade des alten Prachtbaus gesetzt wurden. Er greift zum Telefon und wählt eine Nummer aus. Am anderen Ende wird sofort abgehoben.

»Verirrter Elefant! Warum rufst du mich an?«

»Komm zum Reina Sofia, ich will dir etwas zeigen.«

»Das ist nicht meine Gegend.«

»Du sollst mir nichts verkaufen. Ich will mit dir ins Museum.«

Akachuwku lacht.

»Du bist verrückt, Mann! Was soll ich im Museum?«

»Bilder anschauen. Ihr habt doch bestimmt Bilder in Nigeria, oder etwa nicht?«

»Natürlich haben wir Bilder, was denkst du? Dass wir Wilde sind?«

»Wenn ihr Bilder habt, dann kannst du auch hier in ein Museum gehen.«

Der andere schweigt kurz.

»Also gut, aber das bringt mir Einbußen. Ich bin bei der Arbeit.«

»Ich bezahle dich dafür.«

»Du bist verrückt.«

Lucas wartet, er sitzt auf einer Steinbank gleich an der frontalen Treppe des Museums und blickt über den breiten Platz. Überall Stein, nur am Rand ein paar Bäume. Viel Himmel, dunkelblauer Abendhimmel. Man könnte meinen, man befindet sich im Zentrum einer kleinen Stadt weiter im Norden, in Oviedo etwa oder in Soria. Aber der Lärm im Hintergrund verrät die Metropole. Große Verkehrsadern verlaufen hinter den Häuserzeilen, treffen sich auf der ausgedehnten Plaza und bilden eine der größten Kreuzungen der Stadt.

Es ist warm, eine laue Brise fährt ihm durchs Haar. Er fühlt sich seltsam, seit er diesen Satz gesagt hat. Wir haben uns geküsst. Er hat ihn zum ersten Mal gesagt, und er hat ihn zum Padre gesagt. Er weiß immer noch, dass es Liebe war, aber er weiß auch, dass es einseitig war, weil das kindliche Begehren es niemals mit dem Begehren des Erwachsenen aufnehmen kann, es wird immer überwältigt, es überwältigt sich selbst, sogar wenn es will, dass geschieht, was geschehen ist.

Er denkt an den Jungen und hat das Gefühl, dass sie eins sind, Armando und er. Armando und Lucas. Er liebt ihn wie er sich selbst liebt, obwohl er sich nicht lieben kann, obwohl das Unheil sich zusammenbraut, obwohl Armando unwiderruflich zum Opfer werden muss. Aber genau deshalb sind sie eins. Täter und Opfer. Wir haben uns geküsst.

Nach einer Viertelstunde trifft Akachukwu ein. Er trägt eine Bluejeans, eine braune Lederjacke und eine Sonnenbrille. Lucas schaut überrascht zu ihm hoch. Akachukwu lacht.

»Du hast wohl geglaubt, ich laufe immer wie ein Klischee herum, was?«

»Du trägst diese Kaftane nur, wenn du ... arbeitest?«

»Natürlich«, sagt Akachukwu und betrachtet die Fassade des Museums. »Ich bin wie ein Priester, ich verkaufe Erlösung, aber sie ist nur so gut wie dein Glaube an sie, und damit du gut glauben kannst, trage ich das passende Gewand.« Er lacht zufrieden. Dann wird er sachlich. »Wenn wir eine Stunde da drinnen sind, verliere ich ungefähr hundert Euro.«

»So viel?«, sagt Lucas erstaunt. Der andere lächelt ihn von oben herab an wie jemand, der es nicht nötig hat zu prahlen.

»Erinnerst du dich an das, was ich dir bei unserer ersten Begegnung erzählt habe? Dass ich reich werden müsste, um zurückzukehren?«

Lucas nickt, natürlich erinnert er sich. Akachukwu muss reich werden, und er selbst muss alles verlieren, was er mit sich herumschleppt, um nach Hause gehen zu können.

Akachukwu zieht die Augenbrauen hoch.

»Du glaubst wohl, nur weil es vermutlich unmöglich ist, würde ich es gar nicht erst versuchen.« Er schüttelt mit Nachdruck den Kopf. »Nein. Nicht ich, Akachukwu, Gottes Hand. Ich werde viel Geld verdienen und eine richtige Ausbildung machen. Und wenn ich die Ausbildung habe, werde ich einen guten Job finden und reich werden.« Er starrt Lucas voller Entschlossenheit an. Dann lacht er plötzlich. »Aber das klappt vermutlich nicht. Komm, lass uns sehen, was für Bilder die Europäer haben.«

Akachukwu sieht in den Gemälden Picassos nicht dasselbe wie Lucas. Am besten gefällt ihm ein Bild von 1943, das der Künstler *L'enfant aux colombes* genannt hat – das Kind mit den Tauben. Als Lucas ihn nach dem Grund fragt, antwortet er:

»Ich muss an meinen Sohn denken, wenn ich das Bild anschaue. Er ist inzwischen sieben Jahre alt, und ich habe ihn noch nie gesehen.«

»Dann ist er genauso alt wie meine Tochter«, sagt Lucas. Akachukwu erwidert nichts.

Als sie das Museum verlassen und die Freitreppe an der Fassade entlang hinabsteigen, sagt er plötzlich:

»Was sind wir für Väter, verirrter Elefant?«, und schüttelt den Kopf.

Wir sind keine Väter, denkt Lucas, wir sind Jungen, die nur so aussehen wie erwachsene Männer. Wir sind Söhne, die es nicht geschafft haben, zu Vätern zu werden, das sind wir. Er denkt an seine Tochter, die zu Hause darauf hofft, dass ihr Papa zu ihr zurückkehrt, und fühlt, wie sich seine Brust zusammenkrampft.

Schweigend gehen sie bis zur Plaza de Lavapiés. Als sie dort ankommen, will Lucas ihm hundert Euro geben, doch Akachukwu lehnt ab.

»Ich verdiene keine hundert Euro in einer Stunde«, sagt er und lächelt melancholisch. »Wenn ich Glück habe, sind es zwanzig. Aber manchmal auch gar nichts.«

»Nimm es als Beitrag zu deiner Rückkehr nach Hause«, beharrt Lucas und hält ihm den Schein hin. Akachukwu betrachtet das Geld eine Weile. Dann schaut er Lucas in die Augen und schüttelt langsam den Kopf.

»Nein, verirrter Elefant. Ich bin Geschäftsmann, kein Bettler.«

Lucas erwidert seinen Blick und sagt:

»Ich möchte zwei Gramm kaufen.«

Akachukwu taxiert ihn kurz. Dann lächelt er breit, sieht sich schnell nach allen Seiten um, greift in seine Hosentasche und sagt:

»Kommt sofort!«

18

Mittwochmorgen. Der Padre hat den Wecker überhört, als er endlich aufwacht, ist es bereits halb sieben. Er liegt mit geschlossenen Augen auf dem Rücken und denkt an Armando. Armando, der ihn anlächelt. Hat er sich in dem Knaben getäuscht? Hat der Knabe bislang nur deshalb so unnahbar gewirkt, weil er, Roque de Guzmán, sich vor der Versuchung fürchtete? Er denkt an den Sünder, und Neid und Eifersucht strömen durch ihn hindurch wie starke Windböen. Er weiß noch immer, dass es Sünde ist, doch das bedeutet nichts mehr, Sünde ist nur ein Wort, ein Konzept, das ihn nicht mehr berührt. Armando, der ihn anlächelt. Der Junge hatte nur auf einen väterlichen Freund gewartet, auf jemanden, bei dem er sich anlehnen kann, auf einen liebevollen Beschützer. Der Padre ärgert sich wie über eine verpasste Gelegenheit. Er denkt, er hätte wissen müssen, warum der Junge ihn so irritiert hat, seit er vor zwei Jahren zum ersten Mal in der Chorprobe aufgetaucht war, an der Hand seiner kargen Mutter, einer Frau, die so hager ist, als wäre sie von innen ausgetrocknet. Der Padre erinnert sich genau an seinen ersten Blickwechsel mit Armando, an den heimlichen Schreck, den er empfand.

Und jetzt? Er sieht Armandos zarte Gestalt vor sich, sein engelsgleiches Gesicht, er spürt, wie die Sünde von seinem Körper Besitz ergreift, er beobachtet es mit klarem Verstand, er weiß, dass er nicht darf, er kennt den reißenden Strudel, der ihn in den Abgrund ziehen wird, wenn er nicht jetzt sofort einschreitet. Er muss nur den Griff seiner Hand lösen, er muss nur aufhören, sich selbst sündig zu berühren, er muss nur aufstehen und seiner Pflicht nachgehen und die Gedanken, die Bilder ignorieren, er muss nur kalt duschen, um alle unzüchtige Hitze aus seinem Leib zu vertreiben.

Doch er gibt sich hin, weil es keine Gegenwehr mehr in ihm gibt, nur noch dieses Ziehen, dieses süße Ziehen. Armando, der ihn küsst.

Als er fertig ist, als der Wahn des Moments abflaut wie ein Sturm, kommt die Reue über ihn. Er weint bittere Tränen, er fleht Gott um Verzeihung an, er duscht kalt, obwohl es dafür keine Notwendigkeit mehr gibt. Er hat keine Zeit mehr für die Rasur, deshalb zieht er nur schnell seine Kleider an und hastet in die Sakristei, um das Messgewand überzustreifen. Er bereitet keines der sakralen Gefäße vor, denn die ersten Gläubigen betreten schon die Kirche. Sie werden es nicht bemerken, tröstet sich der Padre mehr schlecht als recht und hält dann die Messe wie jemand, der eine Kirche schändet und Gott verrät.

Als die Messe vorüber ist, begibt er sich ins Pfarrhaus. Der Strudel hat eingesetzt, die Energie kreist um seine Körpermitte, die sündigen Bilder stehen Schlange, um seinen Kopf zu erobern, der Padre hat keine Kontrolle mehr, als hätte sich vier Jahre lang die Sehnsucht in seinem Inneren angestaut und jetzt einen Weg gefunden, aus ihrem Verlies auszubrechen.

Nachdem er erneut gesündigt hat, muss er sich beeilen, denn er hat Verpflichtungen. Zwei Taufen, eine Hochzeit. Er blickt flüchtig in den Spiegel. Wieder keine Zeit zum Rasieren. Er sieht sich kurz selbst in die Augen. Fiebernde Augen. Er hastet zurück in die

Kirche. Und immer begleitet ihn Armando, Armandos Lächeln, Armandos Mund, Armandos zarte Gestalt, Armandos himmlische Stimme. Er weiß, der Damm ist gebrochen, er weiß, der See des Begehrens ergießt sich in das unschuldige Tal seiner Seele und reißt alles mit sich fort.

19

Als der Padre um 17:00 Uhr den Beichtstuhl betritt, ist er körperlich erschöpft und geistig überdreht. Er hat keines der Rituale, die er leiten musste, vorbereitet, er hat sich darauf verlassen, dass eine perfekte Fassade die Leute zufriedenstellen würde, und es hat funktioniert, wie es auch früher immer funktionierte. Er hat gefühlt, wie er mit jeder falschen Inszenierung tiefer in die Sünde fällt, doch er konnte nichts daran ändern. Die Bilder stoben durch seinen Kopf wie ein Blätterwirbel im Herbst, und er griff gierig nach ihnen, in jeder Pause, in jeder Lücke, die sich ihm bot, zerrte er sie wie Kulissen vor die Wirklichkeit und genoss die Wirkung auf seinen Körper und hasste sie zugleich und genoss sie doch mehr als er sie hasste.

Nach den Ritualen ging er nicht ins Viertel, um etwas zu essen, sondern bereitete sich im Pfarrhaus schnell etwas Kaltes zu, aß es hastig, um sich anschließend ins Bett zu legen und dort nicht seine Siesta zu halten, sondern weiter gierig, süchtig in den Bildern zu stöbern, die sein Geist wie von selbst heraufbeschwor, Bilder, die immer wagemutiger, immer dreister wurden, Bilder, die den Knaben zuerst halb entkleideten und schließlich gänzlich auszogen, wobei er auf frühere Knaben zurückgreifen musste, denn er hat Armando noch nie nackt gesehen. So geschickt stückelte er sich den Jungen zurecht, dass er vollkommen in den Bildern aufging und es auch nach dem Höhepunkt keine Reue mehr gab, nur Erschöpfung, ein Gefühl trostloser Leere, eine Sehnsucht nach Zweisamkeit, ein leises Bedauern über dieses ziellose, hilflose Leben, das er geführt hat, eine Ahnung des Scheiterns und dann traumlosen Schlaf.

Nach der Siesta setzte er sich aus reiner Gewohnheit hin, um in der Bibel zu lesen. Doch als er das Buch in Händen hielt, fürchtete er sich plötzlich davor, es zu öffnen. Was würde er dort finden, welche schrecklichen Sätze Gottes, welche vernichtenden Urteile über Sünder wie ihn? Er saß da und zögerte. Das gefesselte, geknebelte Gewissen, das irgendwo in seinem Inneren eingekerkert war, sandte einen Phantomschmerz aus, der ihm Angst machte. Warum noch die Bibel lesen, wenn er bereits wusste, was ihn dort erwartete? Warum noch von ewiger Verdammnis erfahren, wenn es keinen Zweifel mehr daran gab?

Er schlug das Buch trotzdem auf, warum wusste er nicht, es war, als forderte er sich selbst heraus: Mal sehen, wie du das verkraftest! Er schlug es an einer beliebigen Stelle auf und las:

»Die Summe des Ganzen höre: Fürchte Gott und halte seine Gebote! Denn das ist jedes Menschen Sache. Denn Gott wird jegliches Tun vor sein Gericht bringen, das über alles Verborgene ergeht, es sei gut oder böse.«

Er schloss das Buch, als hätte er sich die Finger verbrannt, öffnete es sofort an anderer Stelle und las:

»Denk daran, wie hässlich ein gieriges Auge ist.«

Er schloss es erneut, als hoffte er, nicht gelesen zu haben, was er gelesen hatte, öffnete es wieder und las:

»Darum lieferte Gott sie durch die Begierden ihres Herzens der Unreinheit aus, so dass sie ihren Leib durch ihr eigenes Tun entehrten.«

Er blätterte hastig weiter und las:

»Die Sünde gewann aber einen Anlass durch das Gebot und bewirkte in mir jegliche Begierde; denn ohne das Gesetz ist die Sünde tot. Nun lebte ich einst ohne Kenntnis vom Gesetz. Als jedoch das Gebot kam, lebte die Sünde auf; ich aber starb, und das Gebot, das zum Leben führen sollte, das gerade gereichte mir zum Tode. Denn als die Sünde durch das Gebot einen Anlass gewonnen hatte, hat sie mich verführt und durch dasselbe getötet. Somit ist das Gesetz heilig und das Gebot heilig und gerecht und gut.«

Der Padre las die Stelle noch einmal und noch einmal, doch er verstand sie nicht. Warum war das Gesetz heilig, obwohl erst durch das Gesetz die Sünde zur Sünde wurde? Er dachte an die alten Griechen. Sagte Paulus nicht, dass die Sünde ohne das Gesetz gar keine war? Ohne Richter keine Schuld – war dies nicht das Zitat Epikurs, das der Sünder ihm genannt hatte? Er sträubte sich, dem Sünder recht zu geben, doch die Logik war unwiderlegbar. Er blickte auf die Textstelle im Buch. Dort stand es! Wenn es ihm gelang, das Gesetz zu vergessen, war die Sünde tot!

Er lauschte in die Stille. War das nicht ungeheuerlich, was er soeben gedacht hatte? War er nicht der Widerchrist, wenn er so dachte? Ihr habt gehört, dass der Widerchrist kommt, und jetzt sind viele Widerchriste gekommen, zitierte der Padre stumm. Und ich bin einer von ihnen, dachte er und fühlte – nichts. Und war das Nichts, das er fühlte, nicht vielleicht bereits der Vorhof der Hölle? War er nicht wie die Nihilisten, die das Gesetz Gottes und das ewige Leben leugneten? Betäubt von ihren materiellen Begierden, unfähig, geistige Werte über den Besitz von Götzen zu stellen? Und war nicht jedes erwerbliche Ding in der Welt ein Götze, wenn man es begehrte? Ja, dachte er, so war es zweifellos! Und er? Er wollte mitbegehren, mitbesitzen, er wollte nicht länger verzichten, er war es leid, zu verzichten, sein Verzicht war die Geschichte eines großen Scheiterns. Ich bin nicht für den Verzicht geschaffen, dachte er, das Gesetz Gottes ist nicht für mich, dachte er, es ist für die Gläubigen, ich bin kein Gläubiger.

Vor Schreck über diesen letzten Gedanken entglitt ihm das Buch und fiel mit einem dumpfen Geräusch auf den Boden. Er hob es hastig auf und legte es zurück auf den Tisch. Dann kauerte er mehr als er saß und versuchte, etwas zu fühlen. Doch da war nichts, keine Reue, keine Furcht, kein Wille zur Umkehr, nicht einmal Begierde. Er war wie taub, wie tot. Und er dachte: Das Gesetz gilt, ob ich daran glaube oder nicht. Wer sündigt, ist des Todes. Oder bin ich im Niemandsland zwischen zwei Gesetzen gestrandet? Denn er dachte an die Worte Paulus':

»Ich sehe aber ein anderes Gesetz in meinen Gliedern, das dem Gesetz meines Innern widerstreitet und mich zum Gefangenen des Gesetzes der Sünde macht, das in meinen Gliedern ist. Ich elender Mensch!«

Der Padre saß zusammengekrümmt auf seinem Stuhl, starrte das geschlossene Buch an und dachte: In meinen Gliedern gibt es ein Gesetz, in meinem Inneren ein anderes. Muss ich mir die Glieder abschneiden, um dem Gesetz des Inneren zum Sieg zu verhelfen? Warum aber ist das Gesetz der Glieder weniger innerlich als das Gesetz des Innern, wenn ich es in mir fühle wie eine lodernde Flamme? Wer kann sagen, was richtig und was falsch ist? Ist es denn falsch, dass ich den Knaben liebe? Ja, es ist falsch, weil es gegen das Gesetz ist. Und wäre Gottes Gesetz wie bei den alten Griechen, wäre es nicht falsch und es gäbe keine Sünde. Warum hat Gott das Gesetz nicht so gemacht, dass auch jemand wie ich lieben darf? Warum hat er mich ausgeschlossen aus seiner Güte?

Jetzt, im Beichtstuhl, erinnert er sich an all diese Gedankengänge und sieht keinen Ausweg. Er ahnt, dass Gott ihn nicht einmal in Versuchung geführt hat, denn das wäre eine besondere Aufmerksamkeit gewesen. In der Bibel aber steht, dass die Versuchung aus der eigenen Begierde erwächst. Gott hat ihn einfach alleingelassen, mitten in dieser Kirche alleingelassen. Er hat ihn nicht beschützt vor der Versuchung, er hat nicht darauf geachtet, dass er diesmal rein bleibt, nein, er hat zugelassen, dass dieser Sünder daherkommt und die Tür in ihm öffnet, die er hoffte, für immer verschlossen zu haben, und die doch stets nur angelehnt war.

Er hört Schritte vom Eingang her, zwei Füße und ein Stock. Das ist nicht der Sünder, es ist Señora Barros. Er runzelt die Stirn, sie kommt einen Tag zu früh, Donnerstag ist ihr Tag, nicht Mittwoch. Die alte Frau müht sich durch die schmale Tür, lässt sich schwerfällig auf der Holzbank nieder und sagt mit ihrer gebrechlichen Stimme:

»Padre, ich habe gesündigt.«

Der Padre weiß, dass er unwürdig ist, dieser Sünderin die Absolution zu erteilen, er weiß, dass er mit allem, was er tut, seine Verdammnis noch unwiderruflicher macht, doch es ist ihm egal. Soll Gott ihn doch daran hindern, wenn er will, soll er ihn hier und jetzt tot umfallen lassen! Er lauscht in die Stille. Nichts. Gott lässt ihn gewähren oder schaut einfach nicht hin. Der Padre atmet einmal tief durch und sagt:

»Was haben Sie getan, Señora Barros?«

Die alte Frau ist überrascht über die unverblümte Anrede des Priesters, doch sie fasst sich rasch und berichtet von ihrer Wut auf den verstorbenen Gatten, und erzählt zum hundertsten Mal vom Sohn, der sich versteckte, vom Vater, der sich schämte und deshalb den Sohn verriet, vom Sohn, der lange in Carabanchel war und anschließend nicht mehr nachhause kommen wollte, vom Gatten, der an gebrochenem Herzen starb.

Der Padre hört ihr gelangweilt zu. Plötzlich aber hat er das Gefühl, dass es ihm wie der alten Frau ergeht. Auch er bemüht sich seit über dreißig Jahren, nicht zu fühlen, was er fühlt, und wird doch immer wieder rückfällig. Er denkt an Begoño Jiménez Rodríguez, der seine Frau nicht schlagen will und es doch immer wieder tut, er denkt an José María Espín, der herumhurt, obwohl er seiner Frau eigentlich treu sein will. Er denkt an den Sünder, der den Knaben nicht begehren möchte und es doch tut. Sie alle kämpfen um dasselbe, sie alle versuchen, das Gesetz Gottes, das Gesetz des Innern einzuhalten und folgen doch immer wieder dem Gesetz der Glieder. Tränen treten in seine Augen, als ihm klar wird, dass die ganze Menschheit so leidet, dass sie alle nichts als arme Sünder sind, die sich abstrampeln in ihrem kleinen Quadrat, und die doch nie von der Stelle kommen. Alle sind wie ich, denkt er, ich bin wie alle.

Als Señora Barros ihre Erzählung beendet, gibt er ihr doppelt so viele Bußgebete und Vaterunser auf wie gewöhnlich und ermahnt sie, ihre Rosenkränze nicht zu vergessen, damit sie beschäftigt ist. Anschließend spricht er das Ego Te Absolvo so feierlich, wie er es vielleicht noch nie zuvor getan hat, denn zum ersten Mal ist er selbst es, der die alte Frau von ihren Sünden freispricht, er selbst, Roque de Guzmán, fünfzig Jahre alt, gebürtig aus Constantina, Provinz Sevilla, nicht der Padre, der allein im Namen des Vaters, des Sohnes und des Heiligen Geistes handelt, und es fühlt sich gut und falsch zugleich an.

20

Der Sünder kommt doch noch. Der Padre hört seine Schritte vom Eingang her, nicht so schnell wie sonst, aber sehr regelmäßig. Kein Zweifel, das ist er. Er schaut auf die Uhr. 17:45 Uhr. Zeit genug. Er atmet mehrmals tief durch und ist beinahe froh, dass er heute so viel gesündigt hat. Die Betäubung, in der er sich jetzt befindet, hilft ihm, ruhig zu bleiben. Der Sünder kann ihm heute nichts anhaben, denkt er und überhört den leisen Zweifel, der eher ein prekäres Gefühl ist als ein Gedanke.

Der Sünder betritt den Beichtstuhl, lässt sich nieder, die Tür schlägt zu.

Stille.

Der Sünder sagt kein Wort. Der Padre lauscht angestrengt. Und als er das unterdrückte Schluchzen des anderen hört, ist es mit seiner Ruhe vorbei. Er spürt die Hitze der Eifersucht im gesamten Körper, vor allem im Kopf. Er wusste nicht, dass Eifersucht so heiß wie Wut sein kann, jetzt erlebt er es. Er will wissen, was geschehen ist, sofort! Haben sie sich wieder geküsst? Ist mehr als das vorgefallen? Er ist begierig auf die Sünde des anderen und fürchtet sich davor, Armando bereits verloren zu haben.

Unter Aufbietung seiner ganzen Selbstbeherrschung sagt er in ruhigem Tonfall:

»Was bedrückt dich, mein Sohn?« Er hat mit angehaltenem Atem gesprochen. Jetzt muss er umso heftiger ein- und ausatmen.

»Padre«, sagt die leise, gehetzte Stimme des Sünders. »Padre, ich bin des Teufels.« Dann schluchzt er wieder eine Weile, während der Priester sich kaum beherrschen kann. Des Teufels? Des Teufels? Heißt das … Er wagt es nicht, den Gedanken zu Ende zu denken, aber jetzt fährt ein Wind in die Bilder, die wie gefallenes Laub unscheinbar am Boden seines Geistes gelegen hatten, und wirbelt sie auf. Des Teufels! Das kann nur bedeuten … Er schließt die Augen und ballt die Fäuste. Nein! Er klammert sich an die Stille. Vielleicht ist es ja doch etwas anderes, vielleicht ist der Sünder ja jetzt so weit, dass er auf den Knaben verzichtet, um sich selbst zu retten, und dann …! Der Padre sitzt da und spürt, wie seine Lenden bei diesem Gedanken reagieren, und wagt nicht, darüber nachzudenken, was dann wäre. Aber wenn doch …

»Padre«, meldet sich der Sünder wieder, »ich habe gebetet, Padre, den ganzen Vormittag habe ich gebetet, ich habe Gott angefleht, mir die Kraft zu geben, der Versuchung zu widerstehen. Ich habe ihn um Vergebung gebeten, immer wieder, um Vergebung und um Erlösung. Stundenlang!« Er macht eine Pause, der Padre horcht angespannt. »Aber dann«, fährt der Sünder leise fort, »bin ich zu ihm gefahren, und … Er hat sich so gefreut, Padre! Er glühte vor Freude, so habe ich ihn noch nie gesehen! Ich wollte ihm sagen, dass es mir leidtut, dass es nicht richtig war, was wir getan haben, dass alles anders werden muss, weil wir uns sonst nicht mehr wiedersehen können, dass es Sünde ist, Sünde vor dem Herrn, dass wir beide in die Hölle kommen werden, das alles wollte ich ihm sagen. Aber dann öffnete er mir die Wohnungstür, und ich sah das Glühen in seinem Gesicht, ich sah sein Lächeln, Padre! Sein Lächeln ist wie … ich weiß nicht, wie ich es beschreiben soll.« Er hält inne, und der

Padre denkt: wie ein Sonnenstrahl, wie ein Sommersonnenstrahl im Winter, wie eine Rosenblüte, die sich vor meinen Augen öffnet, wie ... »Und da konnte ich es nicht sagen, Padre! Ich konnte einfach nicht! Er kennt das Gebot nicht! Er ist unschuldig, denn für ihn gibt es die Sünde nicht! Wie ist das möglich?« Die Frage hat er fast gebrüllt.

»Was ... ist geschehen?«, sagt der Padre im Flüsterton. Seine Brust hebt und senkt sich, sein Geschlecht regt sich heftig, er will es hören, er muss es hören!

»Er ... er ...«

»Ja? Was?«

»Er hat ... sich mir ... gezeigt, Padre.« Ganz leise, ganz nah am Sprechgitter, damit niemand sonst es hört.

Der Padre erstarrt.

»Wie?«, fragt er, als hätte er nicht verstanden.

»Er sagte, er hätte Schmerzen am Bein. Er fragte, ob ich es mir einmal anschauen könnte. Und ich sagte Ja, Padre.« Die Stimme ganz dünn und hoch, als müsste sie jeden Moment brechen. »Und dann zog er sich die Hose herunter und stellte sich vor mich und zeigt auf eine Stelle im Schritt. Und ich sagte, ich könne so nichts sehen, und er fragte, ob er die Unterhose ausziehen solle, und ich sagte Ja, und er ...« Der andere bricht ab, die Stimme versagt ihm.

»... zog die Unterhose herunter«, vollendet der Padre den Satz wie in Trance.

»Ja!«, sagt die Stimme ganz leise, fast beschwörend.

»Und dann?«, fragt der Padre, der die Augen geschlossen hat und das Ohr dicht ans Sprechgitter hält. Er sieht jedes Wort, das der andere sagt, er fühlt jedes Bild, das er sieht.

»Dann«, sagt der andere mit zitternder Stimme und schluckt trocken, dass der Padre seinerseits schlucken muss, »dann habe ich ihn … berührt.« Kaum hörbar dringen diese Worte auf die andere Seite des Sprechgitters.

Der Padre sitzt mit gesenktem Kopf da, er vernimmt die Worte des Sünders, doch er sieht nichts mehr. Er fühlt nur. Er fühlt Schmerz. Er fühlt Einsamkeit. Er fühlt, dass immer die anderen Glück haben, immer die anderen, nur er nicht, er hat nie Glück, er wird immer nur versetzt, er geht immer leer aus, er muss immer wieder bei null beginnen, er hat nichts und niemanden.

Er fühlt, wie Tränen über sein Gesicht laufen, er fühlt, wie das Leid ihn übermannt. Ist das die Strafe für seine Sünden? Dass er mitansehen muss, wie ein anderer glücklich wird an seiner Stelle? Der Padre weint still und trostlos, während Lucas schweigt und lauscht. Zunächst glaubt er, dass er sich täuscht, doch dann ist er sich sicher.

»Padre, weint ihr um mich?«, fragt er mit leiser Stimme.

Stille.

»Ja, mein … Sohn«, sagt der Padre so schwach, wie jemand, der im nächsten Moment ohnmächtig wird. Doch er fasst sich, wischt sich die Tränen aus dem Gesicht, schnäuzt sich und sagt: »Ich weine um dich und deine Sünden. Gehe in dich, mein Sohn, verlasse diesen Weg, er führt geradewegs in die Hölle.«

»Er ist so schön, Padre«, flüstert die Stimme voller Inbrunst. Der Priester verliert jäh, was er dank des Missverständnisses an Fassung wiedergewonnen hat. Er fühlt eine rasende Sehnsucht in sich, eine Sehnsucht nach Nähe, nach Zärtlichkeit, nach Liebe, nach Ekstase. Und der andere hat das alles! Wenn er es ihm nur abnehmen könnte!

Plötzlich verlässt der andere den Beichtstuhl. Der Padre bleibt völlig erschöpft zurück. Er hat nun nichts mehr, er hat nicht einmal mehr Gott. Er ist vollkommen allein auf dieser Welt, vollkommen verlassen. Erneut kommen ihm die Tränen, während er die rennenden Schritte des Sünders hört und aus purer, leerer Gewohnheit denkt, dass man das in einer Kirche nicht tut.

21

Lucas Hernández weiß, dass man in einer Kirche nicht rennt. Doch er kann nicht anders. Er muss so schnell wie möglich aus diesem Gotteshaus. Sünde!, schreit es in seinem Innern. Sünde! Immer wieder. Er hat sich so schrecklich vergangen an einem anderen Menschen, dass er niemals …

Er rennt, bis er abrupt stehenbleibt und sich umsieht. Keine fünfzig Meter vor ihm befindet sich die Metro-Station Pinar del Rey. Menschen strömen heraus, ziehen sich die medizinischen Masken vom Gesicht und verteilen sich in alle Himmelsrichtungen, um so schnell wie möglich nach Hause zu gelangen. Es ist kühler als gestern, ein paar hellgraue Wolken ziehen über den Himmel. Die Sonne steht hinter einem hohen Gebäude, das schwarz wie eine Silhouette erscheint.

Lucas ist völlig außer Atem, doch er bemerkt es kaum. Der Körper tut seine Arbeit, bläht die Lungen, öffnet seinen Mund, zieht gierig die Luft ein, die ihm fehlt. In seinem Kopf wiederholt sich ein Satz, den er zu seiner eigenen Überraschung bereits einmal gedacht hat: dass er niemals Vergebung vor sich selbst finden wird. Er hatte damit gerechnet, dass Gott ihm zürnen werde, doch jetzt erscheint ihm Gott wie eine Ablenkung, die plötzlich nicht mehr funktioniert. Er selbst wird sich diese Tat nicht verzeihen. Er weiß, dass es die Wahrheit ist. Er wird mit dieser Tat leben müssen, sein

Leben lang. Seine Tochter wird fühlen, dass er etwas Unverzeihliches getan hat, sie wird wissen, dass er in der Lage ist, Abscheuliches zu tun.

Er steht im Abendlicht und ist sich darüber im Klaren, dass es keinen Unterschied macht, ob er zu seiner Familie zurückkehrt oder nicht. Ana María wird immer wissen, dass er einer ist, der bereit ist, andere zu opfern.

Langsam geht er weiter Richtung Metro-Station. Er hatte gehofft, Erlösung zu finden, wenn er die Sünde bis zur bitteren Neige begeht. Und jetzt muss er erkennen, dass es keine Erlösung gibt, dass er sich etwas vorgemacht hat. Dass er nicht Böses tun kann, um zu Gutem zu gelangen. Er weiß nun, dass gute Mittel vielleicht den Zweck heiligen, aber niemals umgekehrt, weil Mittel und Zweck nicht voneinander trennbar sind. Er ist wie Akachukwu, der Drogen verkauft, um den Schaden wiedergutzumachen, den er in seiner Heimat angerichtet hat. Er denkt an Armando und beginnt zu weinen. Was habe ich dir angetan! Er wendet sich ab, als ihm mehrere Menschen entgegenkommen, alle mit dem schnellen Schritt der heimkehrenden Pendler. Warum kann er nicht fortgehen von hier! Warum nicht? Welche Macht bindet ihn an diesen Ort, an diese Tat? Er wünschte, er könnte mit irgendjemandem darüber sprechen, mit einem Menschen, der ihn in den Arm nimmt wie einen kleinen Jungen. Er wünschte, er könnte mit seiner Mutter sprechen. Doch er hat sich nie an sie wenden können, nicht in dieser Angelegenheit und nicht in anderen. Ihre Furcht, ihre Sorge, ihre Ungeduld, ihre Art, schnelle Lösungen zu finden und ihm alles abzunehmen, sogar den Schmerz, haben es immer unmöglich gemacht.

Mechanisch streift er sich die Maske über, als er die Metro-Station betritt und die Treppe hinabsteigt, die zu den Bahnsteigen führt. Heute hat er eine Grenze überschritten, eine innere Grenze.

Er befindet sich jetzt auf unbekanntem Gebiet. Hier herrscht das Chaos, hier kann jederzeit etwas Schreckliches geschehen. Er muss auf der Hut sein, er muss jetzt vor allem an Armando denken, nicht mehr an sich selbst. Wenn er Glück hat, kommt der Junge mit einem Schrecken davon. Aber wenn nicht, dann hat er ihn auf dem Gewissen, was schlimmer wäre als alles andere. Armando und Lucas dürfen nicht eins werden!, denkt er mit Nachdruck. Armando und Lucas müssen getrennt bleiben! So unschuldig, so verletzlich, so schön, so begabt, so voller Gegenwart, so sinnlich. Das darf er nicht zerstören, und er ist drauf und dran, genau dies zu tun.

Am liebsten würde er umkehren und noch einmal beichten, er fühlt, dass er jetzt bereit wäre, alles zu sagen, seine ganze innere Hölle zu offenbaren, nichts mehr zurückzuhalten, bis in den hintersten Winkel seines Herzens zu kriechen und den Schmutz herauszukratzen, um ihn vorzuzeigen mit klaren, eindeutigen Worten. Und dann müsste der Padre ihm die Absolution erteilen. Er müsste! Es bliebe ihm nichts anderes übrig, denn diesmal würde er nicht davonlaufen, diesmal würde er sitzenbleiben und sich die Worte anhören.

Doch die Metro kommt, die Türen öffnen sich und Lucas steigt ein und setzt sich auf einen der vielen freien Plätze, während die Türen sich schließen und die Metro Fahrt aufnimmt. Er wird nicht zurückgehen, er wird nicht noch einmal beichten, er wird nicht die Absolution vom Padre erhalten, weil es unmöglich ist.

Zwei Stationen bis Nuevos Ministerios. Hier muss er umsteigen. Er geht mit den anderen Passagieren durch die Fußgängertunnel, eine Treppe hinauf, eine Treppe hinab. Plötzlich aber biegt er ab, er weiß selbst nicht, warum. Er biegt erneut ab, eine Treppe hinauf, eine andere hinab. Dann steht er wieder auf dem Bahnsteig der Linie 8 Richtung Pinar del Rey.

22

Chorprobe. Die Jungen in zwei Reihen hintereinander mit ihren Notenblättern in den Händen. Die kindliche Konzentration, die Ernsthaftigkeit in diesen kleinen, grazilen Körpern. Der Padre steht genau vor Armando, den er in der Mitte zwischen den anderen positioniert hat, genau vor dem Altar, und dirigiert sie. Seine Augen sind auf den Knaben geheftet, er sieht jede Regung, jede Geste, jedes Lächeln, jedes Stirnrunzeln, er hört jeden Ton. Das neue Stück, *Menschenfischer*. Wie geschaffen für seine Stimme, wie geschaffen für seine engelhafte Ausstrahlung, wie geschaffen für seine Schönheit.

Die Jungen hatten die Aufgabe, das Stück zuhause zu üben, aber nur Armando hat es gemeistert. Sein Gesang erfüllt die kleine Kirche, er singt fehlerlos, während die anderen stocken oder ganz verstummen. Armando achtet auf niemanden. Und wenn er das »Señor« im hohen C schmettert, kommen dem Padre die Tränen.

Es sind Tränen der Liebe, denn heute hat er zum ersten Mal keine Furcht mehr vor seinen Gefühlen. Er wird alles wiedergutmachen, die jahrelange Distanz, den Versuch, Armando nicht an seine Sinne heranzulassen, all das wird er wiedergutmachen. Der Junge soll ruhig sehen, wie besonders er für ihn ist, er soll es wissen.

Armando singt, er steht genau vor dem Altar, im Hintergrund erhebt sich das Kreuz, an dem der Sohn Gottes hängt, und der Padre steht da und fühlt seine Lenden, in seinen Lenden ist eine Stärke, eine Kraft, eine Liebe, die wie ein Strom in seinen ganzen Körper ausstrahlt. Armando singt und der Padre trinkt das Bild des Knaben mit all seinen Sinnen. Armando singt, und es gibt sonst nichts mehr auf der Welt.

Als die Probe beendet ist und die anderen Jungen von ihren Eltern abgeholt werden, fasst der Padre sich ein Herz und nähert sich dem Knaben.

»Armando«, sagt er mit einem Zittern in der Stimme. »Komm mit, ich möchte dir etwas zeigen.« Der Junge nickt und folgt dem Geistlichen aus der Kirche. Der Padre öffnet die Tür zum Pfarrhaus. Als Armando dicht an ihm vorbeigeht und das Haus betritt, hat der Padre das Gefühl, dass seine Lenden vor Kraft, vor Liebe explodieren.

»Willst du etwas trinken?«, fragt er und versucht, seine Stimme ruhig klingen zu lassen. Hitze, er spürt Hitze im ganzen Körper, Armando ist hier, bei ihm, ganz nah, allein.

Der Junge schüttelt den Kopf.

»Setz dich«, sagt der Padre so freundlich er kann und weist auf den Stuhl, auf dem er selbst normalerweise sitzt, um in der Bibel zu lesen. Das Buch liegt geschlossen auf dem Tisch.

Der Junge setzt sich und schaut sich schüchtern um. Er ist noch nie beim Pfarrer gewesen.

Der Padre rückt einen Stuhl heran und setzt sich übers Eck. »Armando«, sagt er und ergreift eine Hand des Jungen, der ihn fragend und verunsichert anblickt. »Armando, du warst noch nie bei mir in der Beichte.« Er blickt den Jungen freundlich an. »Aber du weißt, dass ein guter Katholik zur Beichte geht, nicht wahr?«

Armando nickt.

»Ja, Padre«, sagt er mit seiner Knabenstimme und versucht, seine Hand zurückzuziehen, doch der Padre hält sie fest.

»Und?«, fragt der Padre. »Hast du mir etwas zu beichten?«

Der Junge blickt ihn überrascht an.

»Jetzt?«, fragt er verunsichert.

Der Padre nickt wie ein väterlicher Berater.

»Ja, mein Sohn«, sagt er und fühlt zum ersten Mal seit langer Zeit die wahre, süße Bedeutung dieser Worte: mein Sohn. Seine Lenden pochen unentwegt, die Hitze in seinem Körper wird mit jeder Welle heißer, fordernder, doch er reißt sich zusammen, denn der Knabe muss herangeführt werden. »Du bist mein bester Sänger«, sagt er und erklärt dem Knaben stillschweigend seine Liebe. »Aber wenn man religiöse Lieder singt«, erklärt er ernsthaft und mit einem Vibrieren in der Stimme, »so muss man sie reinen Herzens singen. Und deshalb solltest du von Zeit zu Zeit zu mir kommen und deine Sünden beichten.«

»Tut man das nicht im Beichtstuhl, Padre?«, fragt der Knabe arglos.

»Natürlich, natürlich, du bist ein kluger Junge, Armando.« Der Padre lächelt und macht ein freundliches Gesicht. »Aber so ein Beichtstuhl ist düster und unbequem. Für Kinder ist das kein schöner Ort. Deshalb werde ich in den kommenden Wochen einen nach dem anderen von euch zu mir bitten. So beichtet es sich doch viel besser, findest du nicht?«

Der Junge nickt ohne Überzeugung, der Padre sieht ihm an, dass er sich vor der Beichte fürchtet, und er weiß auch warum. Er wird es ihm ein wenig leichter machen.

»Als Priester nehme ich viele Beichten ab«, sagt er und legt eine Extraportion Güte in seinen Tonfall. »Ich habe schon die schlimmsten Dinge gehört. Aber in meinen Ohren ist nichts schlimm, denn ich verzeihe alles. Du brauchst also keine Angst zu haben.« Er lächelt. »Nun?«

Als Armando begreift, dass er jetzt beichten soll, wird er sehr nervös. Er schluckt trocken, rutscht auf seinem Stuhl herum und wirkt, als würde er am liebsten weglaufen. Der Padre ist begierig zu hören, was der Sünder mit dem Knaben gemacht hat, er ist entschlossen, den Jungen zum Reden zu bringen, er wird ihm vergeben, er wird ihm all seine Sünden vergeben, doch er will sie jetzt hören, die süßen Sünden dieses schönen Knaben.

»Armando«, sagt er ein wenig strenger, ein wenig unfreundlicher. »Du musst jetzt beichten!«

Armando schluckt erneut, er sieht ängstlich aus, wie jemand, der schwer gesündigt hat und es weiß, denkt der Padre.

»Padre«, sagt der Junge mit leiser Stimme. »Ich ... ich weiß nicht.«

Der Priester schaut den Knaben nun kraft seiner kirchlichen Autorität an, er wird ernst, ganz ernst und sagt:

»Armando, du weißt, dass Gott, der Herr, immer auf uns herabschaut und alles sieht, was wir tun, alles hört, was wir denken, alles weiß, was wir fühlen, nicht wahr?«

Der Junge nickt, er wirkt zerbrechlich, schutzbedürftig, und der Padre vergeht fast vor Liebe, er will diesen schönen Knaben beschützen, er will ihn zärtlich erziehen, er will ihn anleiten, ihm alles zeigen, was er wissen muss. Er will ihn haben.

Der Junge wirkt gequält, der Padre befürchtet, er könnte am Ende gar nichts sagen. Das darf nicht geschehen.

»Armando«, beginnt er wieder, »du hast mir doch vor ein paar Tagen erzählt, dass du eine Zwei in Mathe bekommen hast, nicht wahr?«

Der Junge nickt.

»Gut«, sagt der Padre. »Und hattest du da vielleicht ein wenig Hilfe?«

»Ich hab' nicht abgeguckt«, sagt Armando sofort und schaut den Priester mit großen, unschuldigen Augen an. Betört starrt der Padre den Knaben einen Moment lang an. Er versucht ein väterliches Lächeln.

»Natürlich nicht«, sagt er in einem Tonfall, der beruhigend klingen soll. »Komm einmal her«, fordert er den Jungen auf. Armando versteht nicht. Der Padre klopft auf seinen Oberschenkel. »Setz dich hierher, mein Sohn.« Der Junge schaut den Priester schüchtern an. »Na, komm schon, ich tu dir nichts!« beharrt der Padre. Zögernd erhebt sich der Junge, der Padre dirigiert ihn so, dass er schließlich zwischen seinen gespreizten Oberschenkeln sitzt.

Die Nähe des Jungen versetzt den Padre in Verzückung. Sein Geschlecht ist so hart wie seit Jahren nicht mehr. Energieströme jagen durch seinen Körper. Die Liebe, so nah, so greifbar, so verfügbar, so ohne jede Gegenwehr!

»Tut es dir noch weh?«, fragt er den Jungen unvermittelt.

Armando schaut ihn verwirrt an. Er fühlt sich sehr unwohl in seiner Haut.

»Was denn, Padre?«

»Na, dort«, sagt der Padre freundlich und legt seine Hand auf den Oberschenkel des Knaben, ganz dicht am Schritt.

Armando schluckt nervös und schaut nach unten, dorthin, wo die Hand liegt. Er hebt den Kopf, schaut dem Padre in die Augen und sagt leise:

»Es tut nicht weh, Padre. Darf ich jetzt bitte gehen?«

»Aber es hat dir doch wehgetan, nicht wahr?«, sagt der Padre, ohne seine Hand wegzuziehen. Der Junge schüttelt den Kopf.

»Bitte, Padre, ich muss jetzt gehen.«

»Lüg mich nicht an, Armando!«

Der Junge versucht aufzustehen, doch der Padre legt seinen Arm um die Taille des Jungen und hält ihn fest. Das Gefühl, das er bei dieser Berührung verspürt, verschlägt dem Padre den Atem, er spürt, wie die Härte im Schritt in alle Richtungen ausstrahlt, in seine Schenkel, in seinen Bauch, in seine Brust, in seine Arme, alles ist hart, und er fühlt sich stark und groß und voller Männlichkeit.

»Erst zeig mir die Stelle, die dir wehgetan hat!«, verlangt er mit rauer Stimme. Er weiß, dass er fast am Ziel ist, der Junge muss nur noch aufgeben, sich in sein Schicksal fügen, denkt er, dann wird es für uns beide schön.

Er nimmt die Hand von Armandos Oberschenkel und macht sich an der Hose des Jungen zu schaffen. Er löst den Gürtel und zieht den Reißverschluss herunter. Der Junge zittert inzwischen am ganzen Körper.

»Bitte!«, flüstert er ängstlich, doch der Padre weiß, dass die Furcht schwinden wird, sobald der Junge die Wahrheit zugibt.

»Beichte mir!«, sagt er leise. »Beichte mir, was du mit deinem Nachhilfelehrer gemacht hast.«

Der Junge versucht, sich wegzustemmen, doch seine Kräfte sind zu gering.

»Ihr habt euch geküsst, nicht wahr? Du hast dich ihm gezeigt, gib es zu, Armando. Ich weiß alles, er hat es mir erzählt.« Der Padre beginnt, die Hose des Jungen herunterzuziehen.

An der Tür des Pfarrhauses ertönt lautes Pochen, als würde jemand mit der Faust gegen sie hämmern.

»Aufmachen!«, ruft eine Männerstimme. »Sofort aufmachen! Hier ist die Polizei! Roque de Guzmán, öffnen Sie augenblicklich die Tür!« Der Padre erstarrt. Armando nutzt die Gelegenheit, sich von dem Priester zu lösen, er schließt hastig seine Hose, rennt zur Eingangstür und öffnet sie. Als er die Polizisten erblickt, bricht er in Tränen aus.

23

Lucas sitzt auf der mit Graffiti beschmierten Bank und lässt den Blick schweifen. Die Plaza de Lavapiés ist zu dieser späten Tageszeit ziemlich leer. Der Supermarkt schräg gegenüber hat zwar noch geöffnet, doch es kommen nur wenige Kunden, die meisten Menschen sind jetzt zuhause bei ihren Familien. Warum hat er sich ausgerechnet diesen Ort ausgesucht? Hängt es damit zusammen, dass dieses Viertel so gar nichts mit den offiziellen Ausgeh- und Einkaufsmeilen von Madrid zu tun hat, die nur ein Stückchen weiter oben beginnen? Man muss nur die Calle del Olivar, die Calle de Lavapiés oder die Calle del Ave María hinaufgehen und schon ist man mittendrin. Aber hier unten gibt es eine andere Welt, die Welt derer, die kein Geld haben, die Welt derer, die sich abstrampeln müssen, um über die Runden zu kommen, die Welt derer, die wissen, wie das Leben sein kann. Und er gehört zu diesen Menschen, er weiß, wie das Leben sein kann, wenn es nicht so verläuft, wie es zu werden versprach, als man noch jung war und träumte. Auch er hatte geträumt, selbst, als das Leben einen Schatten bekam, der nicht mehr weichen wollte, hat er noch geträumt, er hielt sich sogar länger als andere an seinen Träumen fest, um diesen Schatten nicht zu bemerken. Doch eines Tages wachte er auf wie jeder aufwacht, denn selbst der verbohrteste Optimist muss eines Tages zugeben, dass das Leben voller Leiden ist, nicht nur das eigene – jedes

Leben. Und dann? Fand er sich damit ab, oder versuchte er, etwas dagegen zu unternehmen? Er gründete eine Familie, ohne zu wissen, was das ist. Er hat ein Kind in diese Leidenswelt gesetzt, und glaubte zwischenzeitig, mit ihm die verlorene Unschuld wiederfinden zu können. Aber der Schatten hing stets über ihm. Und jetzt? Ist er fort?

»Guten Abend, verirrter Elefant!«, ertönt eine vertraute Stimme neben ihm. Lucas wendet den Kopf zur Seite, und dort steht Akachukwu in Arbeitskleidung vor ihm: dunkelgrüner Kaftan, dunkelrote Gebetsmütze. Er sieht prächtig aus, findet Lucas, doch er sagt es nicht, er grüßt den anderen und lädt ihn ein, sich zu setzen.

»Ich habe mich schon gefragt, ob du heute nicht kommst«, sagt Akachukwu und zündet sich eine Zigarette an.

»Hast du auf mich gewartet?«, fragt Lucas erstaunt.

»Natürlich«, sagt Akachukwu, »wir sind schließlich Freunde.«

Lucas schweigt. Ja, denkt er, wir sind Freunde, unwahrscheinliche Freunde, aber doch Freunde.

»Ich wusste nicht, dass du rauchst«, sagt er.

»Und ich weiß immer noch nicht, woher du eigentlich kommst«, entgegnet Akachukwu mit einem Grinsen.

»Ich komme aus Peru, aus Lima.«

»Und was tust du hier?«

»Ich arbeite. Es gibt viele Südamerikaner, die nach Spanien kommen, um zu arbeiten.«

Akachukwu taxiert ihn kurz, dann schaut er wieder nach vorn.

»Du bist ein guter Lügner, verirrter Elefant. Aber Akachukwu hier«, er zeigt mit beiden Daumen auf seine Brust, während die Zigarette zwischen seinen Lippen klemmt, »ist ein besserer Lügner.« Mehr sagt er nicht.

Lucas betrachtet den anderen von der Seite.

»Ich habe eine schwere Sünde begangen«, sagt er schließlich. »Deshalb bin ich hier.«

»Um sie zu beichten.«

»Nein. Um sie zu begehen.«

Akachukwu schaut ihn mit hochgezogenen Augenbrauen an.

»Konntest du das nicht in Peru erledigen?«

Lucas schüttelt den Kopf.

»Dann ist es eine teure Sünde«, folgert Akachukwu und schaut wieder nach vorne. »Und das bedeutet, dass du kein armer Mann bist. Nur die Reichen legen große Strecken zurück, um ihre Sünden möglichst weit von Zuhause zu begehen. Dann können sie zurückkommen und so tun, als wäre nichts gewesen.« Er macht eine Pause. Dann schaut er Lucas erneut an. »Bist du so einer?«

Lucas schüttelt den Kopf.

»Ich bin nicht reich. Man hat mir Geld dafür gegeben, dass ich herkomme und diese Sünde begehe.«

»Auch das noch?«, ruft Akachukwu aus. »Und bist du fertig mit sündigen?«

»Fast«, sagt Lucas. »Es fehlt nur noch eine Kleinigkeit.«

»Und dann kehrst du zurück?«, fragt der andere, ohne Lucas anzusehen.

»Vielleicht«, antwortet Lucas. »Das hängt davon ab, was diese Kleinigkeit bewirkt.«

»Wirst du es mir erzählen?«

»Ich weiß es nicht. Aber ich werde mich von dir verabschieden.«

»Das ist gut«, sagt Akachukwu und erhebt sich. Er reicht Lucas ein kleines Tütchen. »Hier, das schenke ich dir.«

Lucas nimmt das Tütchen überrascht entgegen. Er blickt zu Akachukwu empor. Der Nigerianer steht vor ihm und betrachtet ihn ernst. »Du bist der erste hier, der mich als Person behandelt hat.« Dann dreht er sich um und geht.

Lucas schaut ihm nach und bleibt noch eine Weile sitzen, bevor auch er sich auf den Weg macht.

24

Sie haben eine Frau geschickt. Sie steht vor der Wohnung von Ester Ayala und drückt auf den Klingelknopf. Eine hagere Frau Ende zwanzig öffnet die Tür und schaut sie an.

»Ja?«

»Guten Tag. Mein Name ist Cristina Hoyos, ich bin von der Polizei.«

»Wenn es um die Sache mit dem Padre geht: Kommt gar nicht in Frage, dass Sie meinen Sohn dazu befragen. Er ist völlig verstört, seit das passiert ist. Normalerweise singt er den ganzen Tag, er liebt es zu singen, und er hat eine so schöne Stimme. Aber jetzt singt er überhaupt nicht mehr. Haben sie eine Vorstellung, wie das für eine Mutter ist, ihr Kind so zu sehen?«

Cristina Hoyos nickt.

»Ja, habe ich. Meiner Mutter erging es so.«

Ester Ayala starrt die Polizistin einen Moment lang an. Dann tritt sie beiseite und lässt die Frau herein.

»Armando!«, ruft sie. »Armando, komm bitte mal her!«

Es dauert eine Weile, bis der Junge erscheint. In der Zwischenzeit blickt Cristina Hoyos sich in der Wohnung um. Sie ist klein – ein kurzer, offener Flur, ein kleines Wohnzimmer mit Küchenecke, ein winziges Bad und ein weiterer Raum, vermutlich das Schlafzimmer. Alles vom Eingang aus zu erkennen. Die Einrichtung ist karg, das Weiß der Wände hat einen Grauschleier, hier und da hängen ein paar Fotografien, die lächelnde Gesichter zeigen. Auf einer hohen, alten Kommode steht das Foto eines Ehepaars, bestimmt Esters Eltern.

Armando kommt aus dem Schlafzimmer und betrachtet die fremde Frau neugierig, bevor er seine Mutter fragend anschaut.

»Cristina ist von der Polizei, Armando. Sie möchte dir ein paar Fragen stellen, aber du musst nicht, wenn du nicht willst, hörst du, mein Schatz? Du musst gar nichts.«

Der Junge sieht Cristina forschend in die Augen. In seinem Gesicht steht ein Ernst, der fast nicht mehr kindlich ist. Dann nickt er.

»Ich will.«

Ester Ayala seufzt.

»Also gut. Setzt euch hierhin.« Sie zeigt auf den runden Wohnzimmertisch. »Ist es in Ordnung, wenn ich in der Zwischenzeit einkaufen gehe, Armando? Oder willst du, dass ich dabei bin?« Der Junge schüttelt den Kopf.

»Ist schon gut, Mama.« Sie lächelt, wirft der Polizistin einen Blick zu, die beiden Frauen nicken einander stumm zu, dann verlässt Ester das Haus mit einem Beutel in der Hand.

Als sie allein sind, fragt Cristina Hoyos:

»Wie geht es dir?«

Der Junge nickt.

»Ganz gut.«

Cristina lächelt ihn an, aber Armando senkt den Blick und schaut vor sich hin.

»Hattest du sehr viel Angst?«, fragt sie leise. Armando wirft ihr einen raschen Blick zu, und als er ihre Anteilnahme sieht, nickt er stumm. »Hat der Padre das früher schon mal versucht?«, fragt die Polizistin weiter. Armando schüttelt den Kopf.

Cristina Hoyos betrachtet den Jungen. Er wirkt immer noch erschrocken, aber insgesamt erscheint er ihr stabil. »Könntest du dir vorstellen, mit deiner Mutter ins Polizeipräsidium zu kommen und deine Aussage auf Band zu sprechen?«

Armando schaut sie zweifelnd an.

»Werden Sie auch da sein?«

»Wenn du das willst.« Der Junge nickt. »Gut«, sagt Cristina Hoyos. »Dann rufen wir euch an, und ihr sagt uns, wann ihr Zeit habt, in Ordnung?«

»In Ordnung«, sagt Armando tapfer.

»Sehr gut. Dann gehe ich jetzt. Oder möchtest du, dass ich hierbleibe, bis deine Mutter wiederkommt?«

»Nicht nötig«, sagt Armando. »Ich bin oft allein zuhause.«

»Hast du denn Freunde?«

»Ja, ich hab' viele Freunde. Ferrán aus dem dritten Stock, Carlos aus dem Erdgeschoss, im Nachbarhaus leben auch ein paar. Außerdem wohnt meine Oma drei Türen weiter, und eine meiner Tanten wohnt ganz oben.«

»Aha«, sagt Cristina. »Das heißt, eigentlich bist du gar nicht allein.«

Der Junge schüttelt den Kopf. Dann lächelt er und sagt:

»Wenn mir langweilig ist, gehe ich zu meiner Oma, und wenn mir da langweilig wird, gehe ich zu einem meiner Freunde oder zu meiner Tante.«

Cristina erwidert Armandos Lächeln und denkt, dass der Junge wirklich besonders ist. Selbst der Padre muss das gespürt haben. Doch er hat nicht verstanden, dass man das Schöne nicht besitzen kann. Man kann es allenfalls bewundern, mehr nicht.

Sie blickt auf ihre Armbanduhr.

»Bringst du mich zur Tür?«

25

»Sie haben Besuch.« Der Beamte, der die Tür geöffnet hat, betrachtet den Padre mit professioneller Gleichgültigkeit. »Ein gewisser Lucas Hernández. Wollen Sie ihn sehen?«

Der Priester sitzt auf seiner Pritsche. Er ist unrasiert und trägt die Kleidung, die im Untersuchungsgefängnis vorgeschrieben ist, einen blauen Overall. Als er den Namen hört, macht er große Augen und erhebt sich.

»Lucas Hernández?«, fragt er ungläubig.

»Ja.«

Der Padre nickt, er will Lucas Hernández sehen. Der Beamte nimmt ihn mit, sie gehen durch Gänge und Sicherheitstüren, die sich nacheinander öffnen und wieder schließen. Dann betreten sie einen großen Raum mit einer langen Reihe gläserner Kabinen, die durchnummeriert sind. In den Kabinen sitzen Menschen einander gegenüber und reden. Die Luft ist erfüllt von ihren leisen Stimmen. Der Mann führt den Padre zur Kabine Nummer 7, öffnet die transparente Tür, setzt ihn auf einen Stuhl, der vor einer großen Plexiglasscheibe steht. Auf der anderen Seite sitzt ein Mann Anfang dreißig, schwarzes Haar, helle Haut, mit leichtem indianischem Einschlag. Der Padre sucht im Gesicht des Mannes nach etwas Bekanntem und versucht zugleich zu verstehen, warum er ihn besucht, noch dazu hier.

»Lucas?« fragt er zögerlich wie jemand, der sich unsicher ist.

Lucas nickt.

»Ja, Padre. Ich bin's, Lucas«, ertönt die gedämpfte Stimme des anderen.

Bei ihrem Klang erstarrt der Priester.

»Du?«, entfährt es ihm. »Du bist der Sünder?«

Wieder nickt Lucas.

»Ja, ich bin der Sünder.«

»Hast du Armando wiedergesehen?«, will der Padre sofort wissen. Die Eifersucht schießt ihm wie eine Hitzewelle ins Gesicht. Bevor Lucas antworten kann, sagt der Padre heftig: »Eigentlich solltest du hier sitzen, das ist dir doch klar, oder?«

Lucas betrachtet den Geistlichen.

»Man hat mir gesagt, dass der Vatikan versucht, Sie hier herauszuholen, um Sie der kirchlichen Gerichtsbarkeit zu überstellen.«

»Natürlich!«, sagt der Padre laut. »Ich gehöre nicht hierher. Dass man mich trotzdem festhält, ist ein Skandal.« Lucas nickt. Natürlich, denkt er bitter. »Was machst du hier, Lucas?«

»Ich bin gekommen, um Ihnen von meiner Sünde zu erzählen.«

»Das hier ist kein Beichtstuhl«, sagt der Padre unwirsch.

»Ich weiß«, sagt Lucas sanft. »Ich möchte auch nicht beichten. Ich möchte nur, dass Sie wissen, was ich getan habe.«

»Ich habe genug davon gehört, Lucas. Sieh nur, was du mir angetan hast. Durch dich bin ich in diese Lage gekommen, durch dich und deine verdammten Beichten!« Er ist noch lauter geworden, jetzt reißt er sich zusammen.

»Das ist meine Sünde, Padre.«

»Was soll das heißen?«, fragt der Priester ungeduldig.

»Ich habe Sie gesucht, Padre«, sagt Lucas. »Als mir bewusst wurde, dass ich nicht einfach weitermachen konnte, als wäre nie etwas geschehen, begab ich mich auf die Suche nach Ihnen. Aber die Kirche hat Sie immer wieder versetzt, um Sie den staatlichen Behörden zu entziehen, und die Regierungen legen sich lieber nicht mit dem Vatikan an.« Er macht eine Pause und versucht, sich die Worte zurechtzulegen. Der Padre beobachtet ihn argwöhnisch. »Von Lima nach Montevideo«, sagt Lucas, »von dort nach Oviedo, dann nach Soria und schließlich hierher, nach Madrid.« Er schüttelt leicht den Kopf. »Es war nicht leicht, ihre Spur zu verfolgen, denn Ihre Vorgesetzten stellten sich sehr geschickt an. Aber unmöglich war es auch nicht, und so folgte ich Ihnen und traf auf Ihre Opfer, Padre, Menschen wie ich selbst, und ich muss Ihnen dafür danken, dass Sie so viele zurückgelassen haben, denn dadurch war es mir möglich, nach und nach eine Gemeinschaft zu begründen, eine Gemeinschaft von Opfern Ihrer ›Liebe‹.« Er legt eine Pause ein und betrachtet den Padre, der ihn entsetzt anstarrt. »Als ich Sie dann in Hortaleza ausfindig machte, berieten wir uns, was zu tun sei, und so wurde beschlossen, dass ich als Initiator unserer Gemeinschaft nach Europa gehen sollte. Wir legten Geld zusammen, damit es für die Reise und einen längeren Aufenthalt reichte. Die Universität gestattete mir eine Auszeit. Ein Forschungssemester. Ich mietete ein kleines Apartment ganz in der Nähe Ihrer Kirche und begann, Sie zu beobachten. Einen Monat lang bin ich Ihnen auf Schritt und Tritt gefolgt, sogar ein Fernglas habe ich mir gekauft, um Sie im Blick zu behalten, Padre. Und so stieß ich auf Armando. Als ich den Jungen sah, wusste ich, dass er in Ihr Beuteschema passt, denn ich kannte ja inzwischen die meisten Ihrer früheren Lieblinge.« Er lächelt den Padre traurig an. Dann runzelt er die Stirn. »Aber irgendetwas stimmte nicht, denn es passierte nichts zwischen Ihnen und Armando. Er kam zur Chorprobe und ging danach. Ja, Padre, ich war sogar bei Ihren Chorproben, ich habe am Eingang in einer dunklen Ecke gestanden und Sie beobachtet. Armando hat wirklich eine außergewöhnliche Stimme, ich hoffe, er wird auch in Zukunft Freude am Singen haben. Ich hörte damals auf zu singen, wie viele der anderen auch. Tja.« Er versinkt kurz in Gedanken an die Vergangenheit, er fühlt das Loch in seinem Magen, das Loch ist so groß wie noch nie, es ist so groß wie sein gesamter Oberkörper, doch jetzt strömt eine unbekannte Kraft direkt aus der Vergangenheit und füllt ihn von oben bis unten aus. Er ist die Vergangenheit, voll und ganz, hier und jetzt.

Er atmet tief durch, dann blickt er den Priester direkt an:

»Es dauerte, bis ich begriff, dass Sie tatsächlich versuchten, diesmal die Finger von ihren Schützlingen zu lassen, Padre, und ich fragte mich, ob es Ihnen nur um die Verjährungsfristen für Kindesmissbrauch ging, oder ob Sie mehr erreichen wollten.« Er zuckt mit den Schultern wie um zu sagen, dass dies nun keine Rolle mehr spiele. »Jedenfalls leiteten Sie immer noch einen Knabenchor, und das sagte mir, dass man Sie in Versuchung führen konnte. Ich begann, einen Plan auszuarbeiten, und als der Plan stand, kam ich zu Ihnen in den Beichtstuhl und erzählte Ihnen nach und nach von mir und Armando.« Er schweigt und blickt dem Padre in die Augen.

Roque de Guzmán braucht eine Weile, bis er das Gehörte verarbeitet hat.

»Dann ... war alles ... Lüge?«, fragte er schließlich.

Lucas schüttelte den Kopf.

»Nicht alles, Padre«, sagt er. »Was ich tat, war Sünde. Dass ich Sie in Versuchung führen wollte, war Sünde, dass ich Sie belog, war Sünde, dass ich Armando als Köder benutzte und dadurch in Gefahr brachte, war Sünde. Ich habe darunter gelitten, dass ich tat, was ich tat. Ich habe meinetwegen gelitten, denn was ich tat, widerte mich an, diese Verstellung, dieser Hinterhalt, den ich legte, diese Verführung, dieses üble Schauspiel. All das tat ich mir selbst an, Padre, während ich es Ihnen antat. Aber vor allem litt ich wegen des Jungen, denn er war wie ich, bevor ich in Ihre Fänge geriet: unschuldig, naiv, gutgläubig, so leicht zu verletzen! Und ich danke Gott dafür, dass Er letzten Mittwoch meine Schritte zurücklenkte zu Ihnen.«

»Du hast die Polizei gerufen«, sagt der Padre tonlos wie zu sich selbst. Lucas nickt. Er schluckt trocken. Hätte der Padre mehr Zeit mit dem Jungen gehabt, denkt er, wäre jetzt alles anders. Alles. Bilder aus der Vergangenheit tauchen auf, die Hände des Padres, der Mund des Padres, der Körper des Padres, der damals so groß wirkte und der jetzt so klein ist. Lucas schließt die Augen, öffnet sie wieder.

»Ich bin nicht stolz darauf, dass es mir gelungen ist. Eher enttäuscht, denn tief in meinem Herzen hoffte ich, dass es Ihnen gelungen wäre, Ihr Begehren mit der Wurzel herauszureißen, es vollkommen zu besiegen, frei zu sein. Ich hoffte, ich würde scheitern und müsste unverrichteter Dinge wieder abziehen. Denn dann wäre mein Opfer und das Opfer aller anderen, die Sie hinter sich gelassen haben, nicht umsonst gewesen. Ich hätte zurückkehren und sagen können, dass Sie geheilt sind, dass Gott Sie erlöst hat von dem Bösen, und dass auch wir deshalb Hoffnung haben, vollkommen geheilt zu werden.« Er schweigt und schüttelt langsam den Kopf. »Aber ich hatte mich nicht in Ihnen getäuscht, Padre. Sie waren wie trockenes Unterholz im Sommer. Ich musste nur einen Funken werfen, und schon brannten Sie lichterloh.« Er lacht freudlos auf. Dann wird er wieder ernst. »Ich weiß nicht, ob ich mir jemals vergeben kann, was ich Ihnen angetan habe, Padre. Nicht Ihretwegen. Sie haben es verdient, im Gefängnis zu sitzen. Sie haben es verdient, bestraft zu werden – nicht nur von Gott, sondern von Ihren Mitmenschen. Aber ich weiß nicht, ob ich mir selbst vergeben kann. Verstehen Sie den Unterschied?« Er sieht den Padre fragend an, doch der Geistliche erwidert seinen Blick starr und ausdruckslos. »Ich glaube immer noch an Gott, Padre, obwohl es viele Jahre brauchte, bis ich ihn von Ihnen befreit hatte. Sie hätten ihn mir fast genommen. Nicht alle Ihre Opfer haben so viel Glück gehabt. Erinnern Sie sich an Ernesto Caballero, einen Jungen aus Caracas, Ihrer ersten südamerikanischen Station? Er nahm sich mit siebzehn das Leben. Erinnern Sie sich an Valdemiro Ramos? Er wurde drogensüchtig und setzte sich mit zweiundzwanzig den goldenen Schuss. Erinnern Sie sich an Roberto Peña aus Montevideo? Er ist schwer depressiv, er hat nichts im Leben zustande bekommen, und die Ärzte wissen nicht, ob er es jemals aus seinem Abgrund herausschaffen wird.« Lucas seufzt. »Von uns andern hat es auch keiner leicht gehabt. Aber wir führen immerhin so etwas wie ein Leben.« Lucas schweigt und atmet mehrere Male tief durch. Er denkt an Marina, an Ana María, an den Ehemann und Vater, der er gerne wäre und nicht sein kann. Eine Klammer hat sich um seine Brust gelegt, sie erschwert ihm das Atmen, er hat das Gefühl, immerzu tief Luft holen zu müssen, um diese Klammer zu lösen, und zugleich weiß er, dass das nicht hilft. Das Einzige, was jetzt hilft, ist weiterreden, alles sagen, alles, was in seinem Kopf, in seiner Kehle, in seinem Körper auf diesen Moment gewartet hat. »Wenn ich glaube, dass Sie eine Prüfung Gottes waren«, fährt er fort, »dann waren Sie eine schwere Prüfung, Padre, zu schwer für manche von uns. Als ich begann, nach Ihnen zu suchen, wollte ich eigentlich nur mit Ihnen reden und Ihnen das sagen. Ich wollte Ihnen sagen, dass Sie es mir unmöglich gemacht haben, in diesem Leben glücklich zu werden. Ich wollte Ihnen sagen, dass ich Sie wirklich geliebt habe, dass ich alles, was ich mitmachte, wirklich aus Liebe mitgemacht habe, auch wenn es mich überwältigte. Ich wollte, dass Sie glücklich sind, Padre, glücklich und zufrieden und stolz auf mich. Das wollte ich, und ich nahm dafür alles in Kauf, denn Sie waren der erste Mann in meinem Leben, der mir Aufmerksamkeit schenkte, der erste, der mir sagte, dass ich ein besonderes Talent habe, der erste, der freundlich zu mir war und mir das Gefühl gab, jemand Wertvolles zu sein. Der erste Vater.« Lucas hält inne. Er hat Tränen in den Augen. Dann schüttelt er den Kopf. »Als ich herausfand, dass es noch andere Jungen gab, denen Sie dasselbe erzählten und mit denen Sie dasselbe taten, stürzte die ganze Welt zusammen. Und dann vergingen noch einmal zehn Jahre, bis ich verstand, was wirklich vorgefallen war. Dass Sie mich verarscht hatten, dass Ihre ›Liebe‹ nichts anderes war als die Befriedigung Ihrer Geilheit, Padre. Dass Sie mich gnadenlos manipuliert hatten, um das zu bekommen, was Sie wollten.« Er stockt erneut und schließt die Augen. Mit geschlossenen Augen sagt er: »Das war die härteste Zeit. Sich eingestehen zu müssen, dass man einfach nur von einem Pädophilen missbraucht worden ist. Dass all das Lob, all die Aufmerksamkeit und das Selbstbewusstsein, das man daraus gezogen hat, nichts bedeuteten, oder schlimmer: das Gegenteil von dem bedeuteten, was die Worte sagten.« Er öffnet die Augen und heftet seinen Blick auf den Padre. »Wissen Sie, dass einige der Jungen, die Sie missbraucht haben, schwul waren, Padre? Ich hatte gedacht, dass es leichter für mich gewesen wäre, wenn ich wenigstens schwul gewesen wäre, aber dann traf ich Ihre schwulen Opfer und musste erkennen, dass es keinen Unterschied machte.« Er atmet erneut tief durch, die Klammer ist immer noch da, er wird sie jetzt nicht loswerden. Es spielt auch keine Rolle mehr. Er betrachtet den Priester, der stumm vor ihm sitzt und keine Regung zeigt, und sagt: »Ich habe Sie verführt, Padre, das ist meine Rache an Ihnen, und wenn Sie wollen, können Sie es göttliche Gerechtigkeit nennen und mich als Instrument des Herrn ansehen. Aber heißt es nicht in der Bibel, dass, wer der Sünde folgt, den Herrn nicht gesehen hat? Vielleicht haben Sie einfach nie Gottes Gegenwart gefühlt, Padre. Denn wenn es Ihnen widerfahren wäre, wenn Er Ihnen widerfahren wäre, dann wären Sie nicht so schrecklich auf die schiefe Bahn geraten. Ich kann mir denken, dass Gott für Sie immer ein Konzept war, etwas Andressiertes, Auswendiggelerntes, das Sie sich wie ein Gewand übergestreift haben, um überhaupt etwas zu besitzen. Aber Gott sprengt alle Konzepte, Padre, wussten Sie das nicht? Gott ist nicht gut oder böse, Gott ist jenseits von Gut und Böse, und wer das einmal wirklich erlebt hat, der empfindet die eigenen Ansichten und Urteile, die Begierden und Antipathien, die Hoffnungen und Ängste gar nicht mehr als wirkliche Dinge, sondern nur noch als schlechte Gewohnheiten, die eigentlich gegenstandslos sind.«

Lucas schweigt. Er fühlt sich plötzlich sehr müde. Die Energie versiegt, das Loch ist noch da, aber es fühlt sich wie tot an, eine taube Stelle in seiner Körpermitte, als hätte sein Magen beschlossen, nie wieder Nahrung aufzunehmen.

Der Padre hat sich die ganze Zeit nicht gerührt. Er sitzt auf seinem Stuhl und starrt Lucas gebannt an. Jetzt regt er sich wie jemand, der aus einer Trance erwacht.

»Dann sind wir quitt?«, fragt er.

»Quitt?«, wiederholt Lucas Hernández ungläubig.

Der Padre nickt.

»Ja. Ich habe mich an dir versündigt, und jetzt hast du dich an mir versündigt.«

Lucas schaut den Priester lange an. Dann sagt er:

»Sie tun mir wirklich leid, Padre. Vielleicht werde ich sogar für Sie beten.« Er erhebt sich.

»Ich vergebe dir deine Sünden, mein Sohn«, sagt der Padre schnell. Lucas schüttelt langsam den Kopf.

»Dies ist kein Beichtstuhl, Padre, und Sie sind kein Priester.«

Er dreht sich um, streift sich die medizinische Maske über, öffnet die Plexiglastür und verlässt die Kabine, begibt sich, begleitet von einem Beamten, durch Gänge und Sicherheitstüren und tritt zuletzt aus dem Untersuchungsgefängnis im Norden Madrids. Er schaut auf die Uhr. Drei Uhr nachmittags, es ist frisch, der Frühling macht eine Pause. Lucas geht langsam an einer breiten Ausfallstraße entlang zu einem kleinen Bahnhof und wartet auf den nächsten Regionalzug, der ihn in die Stadt zurückbringt. Er wendet seinen Blick nach Norden. Nicht weit entfernt erhebt sich die Sierra de Gredos, eine ausgedehnte Bergkette, die sich von Osten nach Westen erstreckt und von der man ihm gesagt hat, sie sei wunderschön. Ein Gefühl des Bedauerns überkommt ihn. Er hätte gern mehr von diesem Land gesehen. Von hier stammt die Sprache, die er mit so viel Aufwand perfektioniert hat, damit der Padre seine Herkunft nicht heraushören kann. Er fragt sich, ob er den spanischen Akzent jemals wieder loswerden wird. Er fragt sich, ob es stimmt, was er dem Padre gesagt hat: dass dessen Sieg über die dunklen Mächte in seinem Herzen auch ihm und den anderen Hoffnung gegeben hätte. Was gilt dann im umgekehrten Fall? Dass sie keine Chance haben, Heilung zu finden, weil der Padre gescheitert ist? Nein, denkt er. Hoffnung gibt es immer, ganz egal, was der Padre macht.

Der Zug kommt. Lucas steigt ein, sucht sich einen freien Platz am Fenster und schaut hinaus. Als der Zug in eine langgestreckte Kurve fährt, sieht er die Stadt in der Ferne liegen. Das Rom der spanischsprachigen Welt, das historische Zentrum eines untergegangenen Imperiums. Heute nur eine Großstadt unter vielen. Er sucht in sich nach einem Gefühl der befriedigten Vergeltung, doch er findet nichts. Nicht schlimm, sagt er sich. Er hat sowieso nie damit gerechnet, dass es sofort eine Veränderung geben würde, falls es je eine gibt. Kann man vergangene Ohnmacht im Nachhinein revidieren? Kann man aufhören, Opfer zu sein, indem man Täter wird? Kann ein Täter seine Frau, sein Kind besser lieben als ein Opfer?

Nein, denkt er wieder. Ein Täter ist immer noch an seine Vergangenheit als Opfer gekettet. Er ist immer noch ein halber Mensch, ein Mensch mit einem gespaltenen Herzen. Ich muss aufhören, Täter zu sein, um auch das Opfersein hinter mir zu lassen, denkt er. Aber wie tut man das?

26

Nachdem Lucas gegangen ist, bittet Roque de Guzmán darum, beichten zu dürfen. Er sitzt in seiner Zelle und wartet und fragt sich, was er beichten will. Alles? Hat er jemals alles gebeichtet? Nein, hat er nicht, gibt er sich selbst die Antwort. Er hat immer nur das gebeichtet, was man ihm vorgeworfen hat. Und bedeutet das nicht, dass er im Grunde seines Herzens nie wirklich an die Beichte geglaubt hat? Hat Lucas am Ende recht? Hat er Gott nie gesehen? Und ist nicht die Tatsache, dass er sich das fragt, bereits die Antwort?

Nach zwei Stunden tritt ein schlanker junger Mann im schwarzen Talar ein, höchstens fünfunddreißig, schätzt Roque enttäuscht. Er hatte sich jemand Ehrwürdiges erhofft, jemand Väterliches, und jetzt soll er einem Menschen, der fast sein Sohn sein könnte, von Dingen erzählen, die kaum auszusprechen sind.

Der Padre hat die Bibel mitgebracht, auf seiner Nase sitzt eine filigrane Nickelbrille, sein glattes braunes Haar ist kurz geschnitten, seine Haut sehr weiß, seine Züge weisen keine Spuren von Alterung auf. Er lächelt den Häftling freundlich an und sagt mit der Stimme eines Jungen:

»Guten Tag, mein Sohn. Darf ich mich setzen?«

Der Häftling ist insgeheim empört. Ich bin der dienstältere Priester, denkt er, der andere müsste mir Respekt zollen, nicht umgekehrt. Der Padre lächelt ihn freundlich an und sagt:

»Mein Name ist Jesús Narváez. Man hat mir gesagt, dass du beichten möchtest.«

Der Häftling räuspert sich, um Zeit zu gewinnen, während der Padre im Raum steht und ihn fragend anschaut. Das macht Roque de Guzmán nervös, er hat das Gefühl, etwas leisten zu müssen. Das will er nicht.

»Padre«, sagt er endlich, »können wir uns so setzen, dass wir uns nicht sehen?«

»Natürlich, mein Sohn!«, sagt Jesús Narváez freundlich. »Darum werde ich oft gebeten.« Er grinst und sieht beinahe wie ein Jugendlicher aus. »So ist es mehr wie in einem echten Beichtstuhl.«

Sie setzen sich Rücken an Rücken, der Padre auf dem einzigen Stuhl, der Häftling auf seiner Pritsche.

»Was liegt dir auf der Seele, mein Sohn?«, fragt die Jungenstimme des Priesters.

Roque de Guzmán schließt die Augen. Er denkt an die Leute, die er alleingelassen hat. Er sagt:

»Señora Barros tut mir leid. Sie kam jeden Donnerstag, um zu beichten.« Er lacht wehmütig auf. »Dabei ist ihre Sünde gar keine Sünde. Sie hat es nur schwer mit der Einsamkeit. Ich glaube, sie ist vor allem deshalb wütend auf ihren Mann, weil er vor ihr gestorben ist. Die Sache mit dem Sohn ... wer weiß schon, was in Familien alles geschieht, ohne dass man es sieht.« Er macht eine Pause. Bei dem Gedanken an José María Espín muss er lächeln. »José María! Er fährt einen Lastwagen und besucht abends die Bordelle der Gegenden, in denen er übernachtet.« Ein Lachen entfährt ihm. »Ich habe ihm immer gut zugeredet, aber wirklich sündhaft fand ich das gar nicht. Wirklich nicht! Ich weiß, als Padre hätte ich ihn härter ins Gericht nehmen müssen, aber José María ist so ehrlich! Mein ehrlichster Sünder. Hat nie seine Stimme verstellt, nie so getan, als würden wir uns nicht kennen, hat nie irgendetwas nicht gebeichtet. Vielleicht hätte ich ihm raten sollen, seiner eigenen Frau gegenüber genauso ehrlich zu sein, anstatt ihm immer nur Bußgebete und Vaterunser aufzugeben.« Er lauscht dem Klang seiner letzten Worte nach. »Das habe ich wohl versäumt«, sagt er nachdenklich. »Ich habe die Beichte nie wirklich verstanden, Padre. Nicht nur die Beichte! Ich habe vieles nicht verstanden. Aber die Beichte ist so zentral! Sie ist vielleicht das Herzstück unseres Glaubens. Mir war sie immer ein Rätsel. Wenn ich in meinem Beichtstuhl saß und mir die Sünden der Leute anhörte, habe ich mich oft gelangweilt, oder ich habe abfällige Gedanken gehabt und bin abgeschweift. Alles Warnsignale, dass etwas Wesentliches nicht stimmt, Padre. Achten Sie darauf! Wenn Sie jemals beginnen, schlechte Gedanken oder Gefühle zu haben, während jemand Ihnen sein Herz ausschüttet, dann müssen Sie in sich gehen! Sonst geraten Sie in Teufels Küche, glauben Sie mir!«

»Danke für den Rat, mein Sohn«, sagt Jesús Narváez freundlich. Der Häftling kann nicht hören, was der andere von ihm denkt. Bestimmt hat sich längst herumgesprochen, was er getan hat, bestimmt weiß dieser junge Priester bereits Bescheid. Aber jetzt ist sowieso alles egal. Er denkt an Begoño Jiménez Rodríguez und seine Frau Laura.

»Auch die beiden habe ich alleingelassen«, fährt er fort. »Vor allem Begoño. Von allen Sündern, die zu mir kamen, leidet er am meisten. Wie ein wütendes Kind ist er. Er hat seine Frau aus Liebe geschlagen. Aus Liebe! Kann man ihm das absprechen, Padre? Kann man sagen: Das ist keine Liebe, was du da empfindest, denn wäre es Liebe, würdest du sie nicht schlagen? Geht das, Padre? Ich kenne die Bibel in- und auswendig, aber ich habe nie eine Stelle gefunden, die mir eine Antwort darauf gibt. Ist es nicht Gott selbst, der aus Liebe straft? Ist Gott ein eifersüchtiger Gott, weil er keine Götter neben sich duldet und alle richtet, die sich nicht daran halten? Oder ist er ein vergebender Gott, einer, der die andere Wange hinhält, wenn du ihn schlägst? Ist Gottes Macht rächend oder ist sie liebend? Ich weiß, was Sie mir sagen werden, Padre: Gott ist unergründlich, und weil Gott alles ist, muss er natürlich widersprüchlich erscheinen, denn wir verstehen Gottes Tiefe nicht. Wir Menschen mit unserer ungenügenden Sprache. Ich habe Begoño damit gedroht, ihm die Absolution zu verweigern, wenn er weiterhin seine Frau schlägt!« Er lacht laut auf. »Das ist so, als hätte ich mir selbst die Absolution verweigert! Denn schauen Sie, wo ich gelandet bin. Ich bin hier gelandet, eingesperrt wie ein Schwerverbrecher. Und es ist nicht so, dass ich nicht wüsste, was ich getan habe. Ich weiß es. Aber wenn ich meine Sünde selbst benennen sollte, so würde ich sagen: Untreue, Padre. Ich war denen, die ich liebte, untreu. Ich habe herumgehurt wie José María. Aber es gab immer einen, den ich wirklich liebte. Und ich frage mich, warum ich nicht treu sein konnte. Warum nicht? Sagen Sie mir jetzt nicht, dass es deshalb ist, weil es in Wahrheit gar keine Liebe war. Wenn Sie mir das sagen, dann sagen Sie mir, dass ich nicht nur Gott nicht gesehen habe, sondern auch die Liebe nicht. Und bestimmt werden Sie mir jetzt sagen, dass Gott und die Liebe nicht voneinander zu trennen sind, natürlich nicht! Aber ich sage es Ihnen ganz ehrlich, Padre: Dass einem jemand sagt, man habe niemals Liebe erfahren, ist schlimmer, als wenn man Gott nicht gesehen hat. Viel schlimmer. Oder wollen Sie etwa behaupten, dass alle die Menschen, die nicht an Gott glauben, auch nicht lieben? Das kann ja wohl nicht Ihr Ernst sein, Padre! Du liebst Gott nicht, aber er liebt dich. Ha! Das ist der Trick, den wir immer anwenden, um diejenigen zu beschämen, die sich unserer Missionierung verweigern. Aber damit machen wir den Leuten nur ein schlechtes Gewissen. Und außerdem tun wir so, als wüssten wir doch, was Gott denkt und fühlt. Wenn er aber unergründlich ist, Padre, können wir da überhaupt irgendetwas behaupten? Irgendetwas, Padre?« Er hält erschöpft inne. Er hat das Gefühl, jetzt schweigen zu müssen, und gleichzeitig hat er das Gefühl, dass er es sich damit zu leicht machen würde. »Ich habe gesündigt, Padre. Ich habe gesündigt, weil ich vermutlich nicht weiß, was Liebe ist. Und weil ich nicht weiß, dass ich nicht weiß, was Liebe ist. Und ich habe gesündigt, weil ich den Herrgott beleidigt habe durch meine Sünden. Und ich habe gesündigt, weil ich meine Sünden nicht fühle, Padre. Ich fühle sie nicht! Alles, was ich fühlen kann, ist Demütigung und Furcht davor, in der Öffentlichkeit als Ungeheuer dazustehen. Meine Opfer? Eben war eines meiner Opfer bei mir und hat mir gesagt, wie er mich zur Strecke gebracht hat. Und was fühle ich? Ich sehe Armando vor mir und denke: Ich war so nah dran, so nah! Wenn ich etwas zu beichten habe, Padre, dann die Tatsache, dass ich meine Sünden nur denken, aber nicht fühlen kann. Wenn ich etwas zu beichten habe, Padre, dann die Tatsache, dass ich kein moralisches Schuldgefühl habe.« Er schweigt. Tränen steigen ihm in die Augen. »Nur, dass ich die alten Leute alleingelassen habe, das tut mir so leid, Padre, so leid.« Er weint stumm vor sich hin.

»Sollen wir gemeinsam beten?«, fragt der Priester.

Roque de Guzmán nickt.

»Ja. Etwas Gemeinsames, und sei es nur beten. Beten ist gut.«

27

Lucas sitzt auf der mit Graffiti bemalten Bank. Es ist 16:00 Uhr. Das Viertel erwacht aus der Siesta. Auf der Plaza de Lavapiés und in den angrenzenden Straßen ist viel los. Wir bilden immer Gewohnheiten aus, denkt er, ganz gleich wo. Der Weg hierher, dieser Platz, diese Bank. Anfangs war er nach den Beichten so weit wie möglich aus Hortaleza weggefahren, um nicht pausenlos in der Nähe des Padre sein zu müssen. Um Abstand zu gewinnen. Um nicht den Glauben zu verlieren, dass es noch ein anderes Leben gibt. Aber jetzt fühlt er sich hier schon fast heimisch.

Und wo ist Akachukwu? Bestimmt arbeitet er irgendwo in der Nähe. Ist es immer nur das? Eine Gewohnheit? Sympathie, Vertrauen, Liebe? Sein Blick gleitet über die Menschen, die geschäftig hin und her eilen, ohne an ihnen haften zu bleiben.

Er muss sich eingestehen, dass er ratlos ist. Jetzt, da seine Mission erfüllt ist, jetzt, da seine Sünde vollendet ist, fühlt er sich leer und ohne Orientierung. Fünf Jahre seines Lebens hat er diesem Tag gewidmet, und nun, da er endlich angebrochen ist, weiß er nicht, wie es weitergehen soll. Marina anrufen und ihr sagen, es sei vorbei, alles sei gut geworden, wie er es versprochen hat? Ist denn alles gut geworden? Geht das überhaupt? Und die Leere? Er sucht nach dem Loch in seinem Magen. Er kann es spüren, ganz schwach, es fühlt sich fast wie eine Gewissheit an, jetzt, da alles andere fort ist.

Plötzlich sieht er Akachukwu von weitem. Der Dealer trägt normale Straßenkleidung, eine Jeans, eine Lederjacke, an den Füßen abgetragene Turnschuhe. Er bemerkt Lucas erst, als er aus der Calle del Sombrerete auf den Platz tritt. Lächelnd kommt er auf ihn zu.

»So früh schon hier, verirrter Elefant? Bedeutet das vielleicht, dass deine große Sünde vollendet ist?«

Lucas nickt.

»Und jetzt?«, fragt Akachukwu und setzt sich neben ihn.

»Keine Ahnung«, antwortet Lucas.

»Das ist gut!«, ruft Akachukwu aus. »Das ist sehr gut!« Er klopft dem überraschten Lucas auf die Schulter.

»Wieso ist das gut?«, fragt er verwirrt.

Akachukwu hebt die Hände. »Endlich hast du keinen Plan mehr! Wenn das nicht gut ist! Du hast immer so ernst dagesessen und nichts Halbes und nichts Ganzes erzählt, nur Anspielungen und große Worte. Sünde, Sünde! Und jetzt? Nichts mehr. Du bist ahnungslos! Das ist deine Chance, Mann! Nutze sie. Es passiert nicht oft im Leben, dass man plötzlich ohne Plan dasteht.«

Lucas spürt, dass Akachukwu ihn mit seiner Energie anstecken will, und dass er sich dagegen sträubt. Warum eigentlich? Ist es bei Marina vielleicht genauso? Marina mit ihren blitzenden Augen, Marina mit ihrer Schnelligkeit, ihrer Intensität. Marina, die Mutter, die alles im Griff hat. Muss er sich gegen alles sträuben, was ihn vereinnahmen will, ganz gleich, ob es gut oder schlecht ist? Und womit hängt das zusammen? Damit, dass er das eine vom anderen nicht unterscheiden kann? Oder damit, dass es keine Rolle spielt? Dass nur wichtig ist, nicht vereinnahmt zu werden, nie vereinnahmt zu werden, um keinen Preis? Und macht das nicht auch die Hingabe unmöglich?

»Hörst du überhaupt, was ich sage, verirrter Elefant?«

»Ja, ich höre dich, Akachukwu. Und deshalb will ich dir etwas erzählen, etwas Ganzes, keine halben Sachen mehr.« Der andere zieht die Augenbrauen hoch. Dann lehnt er sich zurück und schaut ihn aufmerksam an.

Lucas erzählt ihm eine lange Geschichte darüber, wie er als zehnjähriger Junge vom Padre ihrer Kirchengemeinschaft als Talent entdeckt wurde, wie er es liebte, im Knabenchor zu singen, wie der Padre ihn oft zu sich nach Hause holte, wenn seine Mutter Überstunden machte, wie er ihm immer vertrauter wurde, immer näher, bis er ihn eines Tages auf den Mund küsste. Lucas erzählt von diesem Kuss und denkt an den Kuss zwischen ihm und Armando, den er dreißig Jahre später in den Kopf des Padre gepflanzt hat wie ein Gift, das sich unaufhaltsam einen Weg von den Ohren zu den Augen, von den Augen zum Mund, vom Mund zum Oberkörper, vom Oberkörper zu den Lenden gebahnt und den Padre süchtig gemacht hat nach der Verwirklichung dieses Kusses, der erfunden und doch nicht erfunden war, dieses Kusses, der damals, als er klein war, tagelang auf seinen Lippen gelegen hatte wie eine Verheißung, wie ein Siegel, wie ein Aufbruch in ein unbekanntes Land. Wie eine dunkle Gefahr. Wie ein leiser Zweifel. Lucas erzählt Akachukwu, dass er damals in den Padre verliebt war, wie ein kleiner Junge in einen Mann verliebt ist, den er toll findet. Er erzählt ihm, dass er glaubte, die anderen Dinge, die dieser tolle Mann von ihm wollte, gehörten einfach dazu, auch wenn er sie fremd und unangenehm fand. Er erzählt, dass er davon ausging, dass alles einen Preis hat, auch die Liebe eines Ersatzvaters. Er erzählt davon, wie er tiefer und tiefer in einen Abgrund von Zugeständnissen und Verpflichtungen geriet, wie dieser Mann ihn unter Druck setzte und ihn mit dem Entzug seiner Liebe gefügig machte, er erzählt von den Lücken im Gedächtnis, die ihm Angst machen, weil er ahnt, dass dort etwas lebendig begraben liegt.

Er erzählt, wie er eines Tages früher aus der Schule kam, direkt zum Padre lief und ihn mit einem anderen Jungen im Arm antraf. Wie er einen Stein erfand, den er auf sein Herz legte, um diesen Tag, dieses Gefühl für immer wegzusperren. Aber darunter gor es, und eines Tages stellte er fest, dass er den Stein nicht mehr beseitigen konnte, um nachzusehen, wie es ihm wirklich ging, dass er keine Hände hatte, ihn wegzuheben, weil er zu lange geglaubt hatte, alles einfach vergessen zu können. Und als er gerade erkannt hatte, was wirklich geschehen war, lernte er Marina kennen und verliebte sich in sie und dachte, sie wäre die Erlösung, auf die er gehofft hatte. Und eine Zeitlang schien es die Wahrheit zu sein, eine Zeitlang war er glücklich mit ihr und vergaß die Vergangenheit wieder. Doch dann wurde sie schwanger und brachte ein Kind zur Welt, seine Tochter, Ana María. Und plötzlich hörte er auf, ein Mann zu sein und wurde zu einem Jungen. Er hörte auf, Marina zu begehren, weil er sich wie ein kleiner Junge fühlte, der mit einer erwachsenen Frau im Bett liegt, obwohl er viel größer ist als sie. Er wollte es nicht wahrhaben, er wollte weitermachen wie bisher, er hatte doch alles erreicht, eine gute Ausbildung, eine gute Arbeit, einen guten Ruf, eine eigene Familie, er hatte immer davon geträumt, eines Tages eine richtige Familie zu haben, nicht so einen Torso wie sie beide es gewesen waren, er und seine Mutter, die vergeblich nach der großen Liebe gesucht hatte und darüber immer verbitterter, immer misstrauischer geworden war. Er hatte es geschafft. Doch er war ein Kind geblieben, ein unglückliches Kind, ein Kind, das sich schuldig fühlte an dem, was ihm widerfahren war. Sie begannen eine Paartherapie, er und Marina, um ihre Beziehung zu retten, und auch wenn er nur um den heißen Brei redete, ohne das eigentliche Thema zu benennen, aus Scham, aus Schuld, begriff er doch, warum es ihm so schlecht ging, warum er nicht funktionierte, obwohl er sich nichts sehnlicher wünschte.

Warum er nicht lieben und sich lieben lassen konnte. Damals begann seine Suche nach dem Padre. Er glaubte, wenn er dem Padre alles sagen würde, was dieser ihm angetan hatte, dann würde sich etwas bewegen und er könnte das Loch in seinem Magen schließen, den Stein von seinem Herzen heben und die Klammer um seine Brust lösen. Er glaubte fest daran, dass er doch noch wachsen würde, wenn er den Mut aufbrächte, dem Padre alles vor die Füße zu werfen, von Mann zu Mann. Wenn er die Schuld, die in ihm hockte wie eine Kröte, ausspucken und dem Padre ins Gesicht schleudern könnte. Und heute hat er es getan, heute ist er ins Untersuchungsgefängnis gefahren und hat dem Padre einen langen Monolog gehalten. Doch es hat nichts ausgelöst, denn es war nicht einfach nur ein Gespräch, es war eine Rache, und eine Rache tut so, als wäre die Sache damit erledigt, der Padre hat es selbst gesagt. Aber so ist es nicht, und er glaubt, dass er jetzt versteht, warum das Alte Testament irgendwann nicht mehr genügte. Weil die Menschen begriffen hatten, dass Rache nur eine Schuld durch eine andere ersetzt, anstatt Erlösung zu bringen. Denn das ist es, was die Menschen wollen: Erlösung vom Leiden. Und deshalb sitzt er jetzt hier und weiß nicht, was er tun soll.

Akachukwu hat schweigend zugehört. Als Lucas aufhört zu sprechen, sitzen sie eine Weile einfach nur nebeneinander und schauen den Leuten zu, die ihrem Alltag nachgehen. Alles hat er jetzt erzählt, mehr als er jemals für möglich gehalten hätte. Und was ist nun die Summe des Ganzen?, fragt er sich. Wie kann er alles zusammenfassen, welches Fazit kann er ziehen, wie würde er eine solche Geschichte nennen? Wenn er das wüsste, dann wüsste er vielleicht auch, wie es weitergeht.

»Danke«, sagt Akachukwu plötzlich. Lucas schaut ihn überrascht an.

»Wofür?«

»Dass du mein Freund bist. Du bist mein erster weißer – na ja, fast weißer – Freund.« Er grinst breit. Lucas muss lächeln, obwohl er innerlich immer noch zittert von dem, was er erzählt hat. Akachukwu schaut wieder nach vorne, legt die Arme ausgestreckt auf die Rücklehne der Bank, schlägt ein Bein über das andere und sagt:

»Als Ngozis Bruder herausfand, dass ich sie geschwängert hatte, kam er zu uns vor das Haus und forderte mich auf, herauszukommen. Ngozis Bruder ist einen Kopf größer als ich und unglaublich stark, ein Gorilla von einem Mann. Er war sehr wütend. Ich wusste, was passieren würde, deshalb floh ich durch die Hintertür und versteckte mich bei einem Freund, bis meine Familie die Bedingungen für einen Frieden ausgehandelt hatte.« Er schweigt. »Ich verhielt mich wie ein Feigling, der nicht Mann genug ist, für die Konsequenzen seiner Taten geradezustehen. Vielleicht hätte er mich verprügelt, aber anschließend hätte er mich aufgefordert, Ngozi zu heiraten, und der Frieden wäre gewahrt worden, ohne dass ich mein Land hätte verlassen müssen.« Er wendet sich zu Lucas. »Und weißt du, was ich mich seitdem frage?«

Lucas nickt. »Du fragst dich, wovor du in Wahrheit geflohen bist, nicht wahr?«

»Genau!«, ruft Akachukwu. »Ich glaube, ich hatte weniger Angst vor der Prügel als vor der Aussicht, Ngozi heiraten zu müssen.« Er schüttelt den Kopf. »Und deshalb bin ich heute hier.«

»Glaubst du, es wäre besser gewesen, sie zu heiraten?«

Akachukwu hebt die Schultern. »Der Kopf erzählt viele Geschichten, wenn das Herz Reue empfindet. Er erzählt mir, dass ich sie bestimmt doch noch geliebt hätte, er erzählt mir, dass ich eine respektable Familie gegründet hätte, anstatt als kleinkrimineller Dealer unter Weißen leben zu müssen, aber er erzählt mir auch, dass ich sie nie geliebt habe, dass ich unglücklich geworden wäre, er erzählt mir, dass ich mit Isabel, meiner spanischen Freundin, glücklich bin, er erzählt mir, dass ich nicht zurückkehren muss, weil mein Sohn einen neuen Vater hat, er erzählt mir, dass meine Familie mich für *Onye Ara* hält, für verrückt, und dass ich sie vergessen sollte, um mich besser zu fühlen. Der Kopf!« Er hämmert mit der Faust gegen seine Stirn. »Der Kopf ist immer verrückt, verirrter Elefant, und weißt du, warum das so ist? Weil der Kopf die Geister reden hört, und die Geister sind gut oder böse, aber vor allem sind sie sehr von sich selbst überzeugt. Und wie! Oho! Wenn der Kopf das Herz verliert, verirrter Elefant, dann ist er verloren, weil er nicht mehr weiß, was richtig und was falsch ist. Ich könnte vielleicht zurückkehren und versuchen, mit Ngozi und ihrer Familie Frieden zu schließen. Vielleicht würde ihr Bruder mich trotzdem verprügeln. Na und?« Er zuckt mit den Schultern. »Aber ich habe zu lange gewartet und mir das Geschwätz der Geister angehört, und jetzt sitze ich hier und weiß nicht, was besser für mich ist.«

Sie schweigen erneut. Hinter ihnen hält ein Auto, sie hören Türen schlagen, anschließend Schritte, die sich nähern. Im nächsten Moment stehen zwei Polizisten neben der Bank, ein großer junger, der vor allem Stärke ausstrahlt, und ein kleinerer, sehniger. Sie wollen etwas sagen, aber als sie Lucas erkennen, grüßen sie knapp und verziehen sich wieder.

Akachukwu schaut ihnen nach. Dann wendet er sich an Lucas.

»Jetzt musst du mir aber sagen, was in deinem Ausweis steht«, verlangt er.

Lucas macht eine wegwerfende Handbewegung. »Ach, nur mein Doktortitel. Das hilft manchmal.« Akachukwu zieht die Mundwinkel herunter und die Augenbrauen hoch und nickt anerkennend. »Doktor Ver. Elefant!« Er lacht, und Lucas muss selbst lachen.

»Zwei verirrte Elefanten auf einer Bank!«, ruft Akachukwu laut und hebt beide Arme. »Ist das nicht ein schönes Bild? Stell dir unsere langen Rüssel vor, wie sie hierhin und dorthin schwenken und nicht wissen, wonach sie greifen sollen!« Er lacht so laut, dass einige Passanten die Köpfe wenden, und imitiert mit seinem Arm einen Rüssel.

Sie sitzen noch länger auf der Bank und unterhalten sich. Akachukwu erzählt ihm, dass er vor seiner Reise nach Europa einen gewissen John Igwe aufsuchte, der unter den Igbo als großer Heiler galt. »Er sagte zu mir, dass ich Ala, die Erde, in mir selbst finden würde, weil die Seele im Körper ruht wie der Körper auf dem Boden. Du kannst überall zu Hause sein, solange du in dir selbst zu Hause bist. Das sagte er. Seitdem muss ich immer daran denken.« Er überlegt wie jemand, der nicht weiß, ob er das Folgende aussprechen will. Doch dann lächelt er melancholisch. »Ich schätze, ich war auch in meiner Heimat nicht zu Hause. Deshalb ist es vielleicht ganz gut, dass ich hier bin und mir solche Gedanken mache.«

»Ich muss jetzt gehen«, sagt Lucas, einem plötzlichen Impuls folgend. Er hat das Gefühl, allein sein zu müssen, nicht mehr sprechen, nicht mehr den Geistern zuhören zu wollen.

Akachukwu schaut ihn überrascht an. Dann nickt er. Sie erheben sich.

»Ich werde an dich als meinen Bruder denken, verirrter Elefant«, sagt Akachukwu.

»Elefantenbrüder«, erwidert Lucas und lächelt.

Sie umarmen sich.

Dann geht jeder seiner Wege.

secession